Margarete van Marvik
Wie ein Blatt im Wind

Margarete van Marvik

Wie ein Blatt im Wind

Re Di Roma-Verlag

Bibliografische Information der Deutschen Nationalbibliothek:
Die Deutsche Nationalbibliothek verzeichnet diese Publikation in der Deutschen Nationalbibliografie; detaillierte bibliografische Daten sind im Internet über http://dnb.ddb.de abrufbar.

ISBN 978-3-86870-799-1

Copyright (2015) Re Di Roma-Verlag

Alle Rechte beim Autor

www.rediroma-verlag.de
5,95 Euro (D)

Anita liebt es, morgens alleine durch den Wald zu joggen. Den Frühnebel im Herbst mag sie besonders gerne. Denn das gibt ihr das Gefühl, durch Watte zu laufen, und das macht sie frei. Sie genießt das lautlose Aufsteigen des Nebels aus der dampfenden Walderde. Hier in der Stille der Natur kann sie Energie für den kommenden Tag tanken. Die Welt ist in diesen ruhigen Momenten, alleine mit sich, noch heil und friedlich. Stress und Ärger haben keinen Platz.

Sie fröstelt. Es ist so früh am Morgen doch noch sehr frisch und der erste Reif des Herbstes liegt noch über allem.

Anita ist eine junge ehrgeizige Frau und lebt in einem kleinen Dorf im Harz. Sie ist mittelgroß, schlank und sportlich. Ihr dunkelblondes Haar, das sie symmetrisch zu einem Bob geschnitten trägt, passt gut zu ihrem ovalen Gesicht. Sie hat strahlend blaue Augen unter langen geschwungenen Wimpern, eine gut proportionierte Nase und einem sehr anziehenden Mund mit vollen Lippen. Das Muttermal oberhalb des rechten Augenlids verleiht ihr eine besondere Note und macht sie unverkennbar. Sie ist eine sehr attraktive hübsche Frau voll Elan.

Kleider und Kostüme mag sie allerdings nicht. Am liebsten kleidet sie sich locker und leger.

Besonders gerne trägt sie Jeans und Lederjacke. In der Kanzlei Schmidt und Schmitz lässt es sich allerdings nicht vermeiden, entsprechende Businesskleidung zu tragen. Zur Auflockerung ergänzt sie ihr Outfit zu gerne mit bunten Schleifen im Haar. Pink und grelle Blautöne sind dabei ihre erste Wahl.

Anita besitzt einen sehr stark ausgeprägten Gerechtigkeitssinn und ist zu Jedem fair. Deshalb wird sie von Kollegen und Chefs gleichermaßen geachtet und respektiert.

Die Hälfte ihrer Joggingrunde hat sie hinter sich gebracht und sie legt wie immer an ihrer Lieblingsbank, am Ausgang des Wäldchens, eine kurze Pause ein. Sie trinkt etwas Wasser und macht ein paar Dehnübungen. Ein kleines buntes Blatt von einem der Bäume ringsum segelt neben ihr zu Boden.

Automatisch greift sie danach und steckt es, ohne nachzudenken, in ihre Tasche.

Es raschelt leise. Erschrocken dreht sie sich um und registriert gerade noch, wie ein dunkles Etwas an ihr vorüber huscht. Ihr ist unheimlich zu Mute, hier so ganz alleine bei der Bank am Waldrand.

Langsam bewegt sie sich in Richtung des Dorfrandes weiter und sucht dabei immer noch mit den Augen den Wald nach dem geisterhaften Etwas, das sie erschreckt hat, ab. Plötzlich stolpert sie über ein Hindernis, das unerwartet vor ihren Füßen aufgetaucht ist. Ihr Schrei durchdringt den Wald

Die gebrochenen Augen einer jungen Frau starren sie fast vorwurfsvoll an. Das

Gesicht ist zerschnitten, die Haare grob bis auf die Kopfhaut geschoren und an der linken Hand hat sie eine blutige Wunde, da, wo sich vorher der Ringfinger befunden hat. Das Blut in dem Gesicht der Frau und an ihrer Hand ist bereits trocken und hat eine bräunliche Farbe angenommen.

Anita hat das Gefühl, als würde sie eine riesige Faust hart in den Magen schlagen.

Unweigerlich muss sie sich zitternd und würgend neben der geschundenen Frau erbrechen. Als sie sich endlich wieder im Griff hat, tastet sie wie unter Zwang nach dem Puls des leblosen Körpers vor sich. Doch sie weiß eigentlich schon, dass das nichts mehr bringt, nichts mehr bringen kann. Es ist hoffnungslos! Die junge Frau ist tot.

Plötzlich stellen sich die feinen Härchen auf ihren Armen auf und sie sieht sich ängstlich um.

So; als hätte sie Angst, dass der Täter direkt hinter ihr stehen würde.

Sie schüttelt genervt den Kopf. »Oh Gott, das kann ich jetzt überhaupt nicht gebrauchen«; flüstert sie dabei leise zu sich selbst.

Plötzlich löst sich die Starre, die sie bis dahin gefangen gehalten hat. Wie von Furien gehetzt rennt sie los, so schnell sie ihre Beine tragen können. Sie läuft auf dem kürzesten Weg quer durch Büsche und Sträucher. Will nur schnellstens die Polizeistation am Ende des Dorfes erreichen. Die Zweige und Blätter, die ihr bei diesem wilden Lauf in Gesicht und Körper peitschen, registriert sie kaum. Ihre Panik treibt sie unerbittlich vorwärts. Nur weg von diesem schrecklichen Anblick. Diesem zerstörten Gesicht, das einst vielleicht schön gewesen war, und diesen unheimlich starrenden Augen!

Endlich erreicht sie mit brennenden Lungen die Polizeistation.

Als sie, nach Atem ringend, in die Station stürmt, sieht sie der diensthabende Beamte mit der Kaffeetasse in der Hand entgeistert an.

»Was ist Ihnen denn passiert? Sie sehen ja aus, als ob sie dem Teufel persönlich begegnet wären.«

Dirk Hansemann schaut sie durchdringend an.

»Sind Sie durch einen Dschungel gelaufen? Sie sind ja ganz zerkratzt und verkrustet im Gesicht und an Ihrer Kleidung ist sogar Blut? Haben sie sich verletzt?«, fragte er neugierig.

Anita kann nur den Kopf schütteln und gestikulieren. Sie ringt keuchend nach Atem.

Schließlich beginnt sie stockend zu erzählen, was passiert ist. Ihr ganzes Entsetzen über das Schreckliche, das sie da im Wald gesehen hat, entlädt sich dabei. Immer wieder schluchzt sie trocken auf. Als sie endlich geendet hat, lässt sie sich aufseufzend nach vorne sinken und stützt sich mit den Händen auf das Pult vor dem Beamten. Sie starrt den Uniformierten nun nur noch wortlos und schwer atmend an und schüttelt immer wieder den Kopf, als wollte sie so diese grausamen Bilder loswerden.

»Wie? Da soll eine Leiche unter der alten Buche liegen? Haben Sie getrunken, junge Frau?«, fragt der Beamte sie abschätzig. »Hauchen Sie mich doch mal an. Hier, in unserer verschlafenen kleinen Ortschaft soll eine Tote so einfach im Wald rumliegen? Ach und übrigens, was hatten Sie denn eigentlich so früh morgens im Wald zu suchen?«, setzt er noch hinzu. Es ist offensichtlich, dass er Anita nicht wirklich glaubt. Vielleicht hält er sie auch für eine dieser

»Damen«, die sich, um Aufmerksamkeit zu bekommen, wilde Geschichten einfallen lassen.

Nun wird Anita zornig. Mit einem eisigen Blick funkelt sie den Beamten an. »Erstens gibt es Menschen, die für ihre Gesundheit Sport betreiben, und genau aus dem Grund bin ich durch den Wald gejoggt. Würde Ihnen übrigens sicher auch nicht schlecht bekommen!«, faucht sie den Verdutzten mit einem weiteren kalten Blick von oben bis unten an. »Und zweitens sollten Sie sich vielleicht mal vorstellen, bevor Sie hier so abfällige Äußerungen über eine geschockte Zeugin vom Stapel lassen!«

Der Polizist schrumpft regelrecht in sich zusammen. Mit rauer Stimme stellt er sich vor. »Wachtmeister Dirk Hansemann ist mein Name.« Die Szene hätte beinahe etwas Komisches, wäre da nicht die Tote im Wald.

Schnell greift Hansemann zum Hörer des Telefons auf seinem Schreibtisch. Er versucht krampfhaft durch zur Schau gestellte Professionalität dieser peinlichen Situation zu entkommen. Er wählt eine Nummer, und während er wartet, dass der Kontakt zustande kommt, zieht er seinen Stuhl zurecht und setzt sich. Auf Anita achtet er überhaupt nicht mehr. Als sich der Angerufene meldet, berichtet er in knappen Worten, was er eben von Anita erfahren hat. Dann hört er kurz zu und antwortet schließlich: »In Ordnung, den werde ich verständigen und ihn bitten, hier zu warten, bis ihr alle eingetroffen seid.« Dann wendet er sich zu Anita um. »So Frau ... wie war noch mal Ihr Name?«

Anita schnauft wegen seines herablassenden Tons in sich hinein. »Ich bin Anita Talke, wohne hier am Ende der Straße, arbeite in der Kanzlei Schmidt und Schmitz und ich werde erwartet! Ich bin sowieso schon viel zu spät dran! Wie lange kann das denn noch dauern? Immerhin habe ich einen Job.«

Hansemann hat sich inzwischen wieder gefangen. Immerhin ist er das Auge des Gesetzes. »Setzen Sie sich und warten Sie bitte, bis der Trupp kommt. Waschen können Sie sich hier nebenan«, brummt er, ohne auf ihre Frage einzugehen, und dreht ihr dann demonstrativ den Rücken zu, während er schon wieder eine Nummer wählt.

Anita antwortet darauf nicht mehr, denn jetzt, wo der Adrenalinschub nachlässt, fühlt sie sich müde und ausgelaugt. In Gedanken versunken lässt sie das Erlebte vor ihrem inneren Auge Revue passieren. Tränen laufen dabei über ihr schmutziges Gesicht.

»Das Mädchen war doch höchstens zwanzig Jahre alt! Wer kann nur so etwas Grausames getan haben?«, hallt die Frage durch Anitas Hirn. Der Anblick der Toten hat sich in ihren Kopf wie ein Polyp festgesetzt. Selbst die Schmerzen, die dieses Mädchen erlitten haben muss, glaubt sie voll Grauen zu spüren.

»Jetzt werde ich wohl verrückt«, murmelt sie resignierend vor sich hin und setzt sich auf die an der Wand des Amtszimmers stehende Holzbank. Ein altes und unbequemes Möbel. Aber Anita ist froh, sich setzen zu können. Ihre Knie zittern noch immer von dem anstrengenden Lauf durch den Wald und der Aufregung.«

Wachtmeister Hansemann leidet, wenn er unter Stress steht, an nervösen Zuckungen. Bei jedem zweiten Wort flattern dann seine Augenlider wie verschreckte Vögel. Auch jetzt spürt er das unangenehme Zucken, als er Anita wie nebenbei mitteilt, dass Hauptkommissar Kruse gleich hier sein werde

Er schaut sie dabei durchdringend an, während seine Augenlider wie wild flattern.

Gebieterisch fügt er hinzu: »Und Sie rühren sich ja nicht von der Stelle!«

Anita schaut ihn entgeistert an: »Wie bitte?, schnappt sie erbost. »Sie ticken wohl nicht richtig, haben Sie eine Erfolgsneurose? Denken Sie etwa, dass Sie befördert werden, wenn Sie mich hier festhalten und so unhöflich behandeln? Immer das Gleiche, da will man helfen und wird selbst wie eine Kriminelle behandelt.«

»Ganz ruhig, meine Dame«, beschwichtigt Hansemann sie daraufhin, »so war es ja nicht gemeint!« Da war es wieder, dieses Zucken an seinen Augenlidern. Anita beobachtet ihn verärgert und versucht gleichzeitig mit ihrem Taschentuch ihr Gesicht etwas zu reinigen. Dazu sieht sie immer wieder in ihren kleinen Taschenspiegel, den sie immer bei sich trägt. Jetzt erst bemerkt sie die Striemen in ihrem Gesicht. Die peitschenden Zweige haben deutliche Spuren und einen brennenden Schmerz hinterlassen, der sich nun unangenehm bemerkbar macht.

Als sie einigermaßen sauber ist, lehnt sie sich erschöpft zurück. Sie verfällt in unruhiges Grübeln. Doch allmählich beruhigt sie sich. Zwar kann sie immer noch nicht fassen, was sie da im Wald erlebt hat, doch allmählich gewinnt ihr klarer Verstand wieder die Oberhand. Systematisch geht sie nun Schritt für Schritt das Erlebte noch einmal durch.

Plötzlich wird sie durch jemanden, der mit schnellem Schritt das Amtszimmer betritt, aus ihren Gedanken gerissen. So, wie der Mann hier hereinkommt, kann er nur der erwartete Hauptkommissar Kruse sein. Neugierig beobachtet sie ihn. Als er sich ihr zuwendet und knapp fragt, ob sie diejenige sei, die die Tote im Wald gefunden hat, bricht es aus ihr heraus.

Anita springt auf. »Na endlich, da sind Sie ja. Was hat denn so lange gedauert? Sie sind sicher der Ermittler. Oder?!«

Leicht hysterisch sprudelt es mit ängstlicher Stimme aus ihr heraus. Nervös läuft sie dabei gestikulierend hin und her. Sie wirkt wie ein Tiger im Käfig.

»Na Sie haben ja ordentlich Temperament, junge Dame«, lächelt Kruse sie freundlich an. »Darf ich mich vorstellen? Ich bin Hauptkommissar Kruse von der Mordkommission. Nun erzählen Sie mal der Reihe nach, was passiert ist«.

Anita beobachtet ihn misstrauisch.

Manfred Kruse ist mittelgroß, ein wenig dicklich, hat runde Schultern und ist fast vollständig kahlköpfig. Nur einige wenige Stoppeln zieren seinen Kopf. Er trägt eine modische randlose Brille. Sie schätzt ihn auf Mitte fünfzig. Anita muss, trotz der Schmerzen im Gesicht, schmunzeln.

Inzwischen erklärt ihr Kruse das weitere Vorgehen. »Draußen steht der gesamte Stab und ich hoffe, Sie haben sich das in den Morgenstunden nicht einfach so ausgedacht«, sagt er gerade.

Entrüstet sieht Anita Kruse an und dreht sich beleidigt Richtung Ausgang.

Auf solch einen Tag hätte sie gerne verzichtet. Sie fühlt sich ausgelaugt und wie durch den Dreck gezogen. Trotzdem schlägt sie ein ordentliches Tempo an, als sie losmarschiert. Der »Trupp« folgt ihr in einigem Abstand. Endlich erreichen sie die Buche.

»Hier ist es, Herr Kommissar, hier liegt das arme Ding. Hier, neben dem Sack.« Alle starren auf die schlimm zugerichtete junge Frau. Das junge Gesicht ist kaum noch erkennbar.

»Wer macht denn so was? Wie kann jemand so krank sein und einen Menschen so zurichten?« Angeekelt wendet Anita den Kopf zur Seite.

Der Pathologe, Doktor Kamps, den Hansemann verständigt hat, sieht auf den leblosen Körper hinab. »So, wie es aussieht, wurde sie schwer misshandelt«, sagt er. »Aber Genaueres, wie Todesursache, Alter, na ja das ganze Programm eben, kann ich erst bei der Obduktion klären und die DNA werden wir so schnell wie möglich nachreichen. Den Spuren nach zu urteilen, wurde sie nicht hier getötet, sondern nach der Tat hierher geschleppt, sie ist aber ziemlich sicher schon einige Stunden tot.« Kamps ist schockiert über den Anblick der jungen Frau und spricht mit monotoner Stimme. Schließlich nickt er kurz und geht wieder seiner Arbeit nach.

»Großräumig das Waldstück durchsuchen. Vielleicht finden wir ja brauchbare Hinweise auf einen möglichen Täter!«, brüllt Kruse, der im Moment ziemlich mitgenommen aussieht. Was allerdings bei dem Bild des Grauens, das sich hier bietet, kein Wunder ist. »Findet mir ja den Finger«, ruft er dem Trupp noch hinterher. Anita merkt, wie sich ihr Inneres nach außen kehrt. So etwas hat sie noch nie zuvor gesehen. Keines weiteren Wortes fähig verlässt sie diesen Ort und geht zum Dorf zurück.

Auf der Dienststelle wird sie wieder und wieder von Kruse das Gleiche gefragt.

»Frau Anita ... so darf ich sie Sie doch nennen? Überlegen Sie noch einmal ganz genau. Was haben Sie getan, als Sie die Tote gefunden haben?«

Wortlos zuckt sie mit den Schultern. Nach einer kurzen Pause, in der sie sich zur inneren Ruhe zwingt, fällt ihr doch noch etwas ein.

»Halt, da war noch etwas. Als ich das Blatt aufgehoben habe, und bevor ich die Leiche entdeckt habe, habe ich hinter mir einen großen Schatten vorbeihuschen gesehen. Es war sicher ein Mensch, aber wer es war, habe ich aber nicht erkennen können. Es hat sich aber so angehört, als ob die Person ein Bein hinterhergezogen hat«.

»Na gut, Frau Anita«, nickte Kruse endlich. »Sie können jetzt nach Hause gehen, aber halten Sie sich bitte weiterhin zu unserer Verfügung.«

Anita widerspricht nicht, denn sie will nur noch unter die Dusche. Sie ist erschöpft und ihre Haut fühlt sich schlaff und welk an. Ihr Körper ist kraftlos und das Jucken im Gesicht will überhaupt nicht mehr aufhören. Sie schaut erschrocken auf ihre Uhr und stellt fest, dass es schon nach zehn Uhr morgens ist.

Mit über einer Stunde Verspätung betritt sie, nach einer erfrischenden Dusche, die Kanzlei. Sofort stürmen alle auf Anita zu und gratulieren ihr zu ihrem beruflichen Aufstieg. Dieser Tag ist ein besonderer Tag für Anita. Sie wird heute zur Vorsteherin der Anwaltskanzlei Schmidt und

Schmitz ernannt. Schließlich hat sie Jahre darauf hingearbeitet. Jedes Wochenende hat sie auf Kursen verbracht, um sich fortzubilden. Denn als Vorsteherin einer Kanzlei bedarf es einer besonderen Qualifikation. Darum hat sie es auch bisher, mit ihren sechsundzwanzig Jahren, nicht geschafft sich einen stabilen Freundeskreis aufzubauen. Der Erfolg im Beruf hat für sie einfach Vorrang.

Für diesen besonderen Tag sind ihre Chefs und alle Kollegen anwesend. Ihr Chef, der Strafverteidiger Herr Schmidt, der Anwalt für Steuer- und Arbeitsrecht ist, Frau Belts, die Scheidungsanwältin, Sven, der Kanzleigehilfe, und der Privatdetektiv Frank Carsten stehen, jeder mit einem Glas Sekt in der Hand, im Kreis um sie herum und beobachten sie neugierig.

Sie seufzt und schaut in die Runde, als sie das Glas Sekt, das ihr Sven reicht, entgegennimmt, und bemerkt traurig: »Die Feier zu Ehren meiner Ernennung habe ich mir aber wirklich anders vorgestellt. Ich sehe immer wieder die junge tote Frau im Wald vor mir. Wer das wohl gewesen sein mag?« Und wieder seufzt sie. Eigentlich ist ihr überhaupt nicht nach Feiern zu Mute. Der Fund kann in solch einem kleinen Dorf natürlich nicht lange geheim gehalten werden. Darum gibt es jetzt auch in der Kanzlei jede Menge Gesprächsstoff. Ihr Chef Herr Schmidt spricht Karin Belts mit polternder, dunkler Stimme an.

»Frau Belts, was sagen Sie dazu? Sie haben sich ja noch gar nicht geäußert. Haben Sie vielleicht eine Idee, wer da wem was Böses wollte? Vielleicht wird es ja sogar eine Strafsache für uns. Das wäre doch mal was, oder?«, kichert er dabei und reibt sich erwartungsvoll die Hände.

Karin Belts ist eine gute Scheidungsanwältin, auf die in der Kanzlei niemand verzichten kann, aber so richtig gut kommt niemand mit ihr zurecht, nicht einmal Anita. Die Frau ist stets sehr verschlossen und distanziert. Anita mag die Anwältin nicht besonders. Über ihr Privatleben spricht sie niemals. Es ist nur bekannt, dass sie verheiratet ist. So leise, wie sie morgens kommt, so still verlässt sie abends die Kanzlei.

Karin zuckt mit den Schultern. »Keine Ahnung, mit so etwas beschäftige ich mich nicht.«

Schmidt ist ehrlich entrüstet über so viel Desinteresse und schüttelt genervt den Kopf. Leise sagt er zu ihr: »Aber, Frau Belts, immerhin geht es hier um unsere Mitarbeiterin Anita, die die Leiche im Wald gefunden hat. Man stelle sich nur vor … beim Joggen über ein Mordopfer zu stolpern. Meinen Sie nicht, dass sie ein wenig Trost und Zuspruch gebrauchen könnte?«

Belts zuckt nur mit den Schultern. Schmidt wendet sich resignierend ab und erhebt sein Glas. »Prosit, liebe Anita, mögen Sie uns lange, lange erhalten bleiben. Sie sind für uns unverzichtbar.«

Anita antwortet etwas abwesend, denn sie ist mit ihren Gedanken schon wieder bei der Toten: »Danke, Herr Schmidt, danke für die Gratulation.«

Sven, der Kanzleigehilfe, meldet sich zu Wort und bietet ihr an, sie nach Hause zu fahren. Anita schüttelt den Kopf. »Nein danke, Sven, ich brauche einfach frische Luft, um mein Gehirn wieder frei zu bekommen. Nur so kann ich das heutige Geschehen verarbeiten, drum werde ich zu Fuß gehen. Aber trotzdem danke.«

Anita ist das erste Mal froh, die Kanzlei früher verlassen zu können. Sie will nur noch nach Hause und abschalten.

Sie ist froh, endlich alleine zu sein. Dieser Tag hat sie doch sehr mitgenommen. Sie wirft ihre Schuhe in die Ecke, macht sich einen Kaffee und stellt die Stereoanlage an. Dann setzt sie ihren Kopfhörer auf und dreht die Musik so laut auf, dass ihre Ohren es gerade noch ertragen können. Wild tanzt sie im Rhythmus der Musik durch ihr Wohnzimmer. Schließlich fällt sie erschöpft in einen Sessel. Doch dann springt sie plötzlich wieder auf. Sie läuft ins Bad und gießt Badeschaum in die Wanne, dann dreht sie das warme Wasser voll auf. Sie braucht jetzt ein Bad, um nach der wilden Herumtanzerei wieder auf Normaltemperatur zu kommen. Vorsichtshalber nimmt sie nach dem Bad, das sie schläfrig gemacht hat, noch eine Schlaftablette, was sie sonst sehr selten macht, aber sie will wenigstens einige Stunden durchschlafen können. Denn ständig sieht sie das verstümmelte Gesicht der Toten vor sich. Völlig erschöpft schläft sie ein. Doch sie wälzt sich unruhig von einer Seite auf die andere. Immer wieder sieht sie auch im Traum das Bild der toten Frau vor sich. Die Augen der Leiche wandern und tanzen ständig vor ihr herum und scheinen zu wispern: »Finde meinen Mörder, ich war zu jung zum Sterben. Beeile dich bitte.« Dann starrt das entstellte Gesicht sie wieder mit ausdruckslosen, gebrochenen Augen an.

Anita wacht von dem grässlichen Traum auf und setzt sich auf. Verschlafen sieht sie sich um und schaltet das Licht ein. Plötzlich hört sie wieder das Geräusch, das sie heute schon einmal gehört hat, so als ob jemand einen Fuß hinterherziehen würde. Jetzt kommt es aus dem Treppenhaus. Panik erfasst sie. Wie selbstverständlich greift sie zum Hörer, haltet dann aber inne und stutzt. Leise auf Zehenspitzen geht sie zu ihrer Wohnungstür. Sie will durch den Spion gucken, denn sie ist sich plötzlich sicher, dass jemand vor ihrer Wohnungstür ist.

Sie kann aber im Treppenhaus niemanden sehen. Da bemerkt sie, dass sie auf etwas Kaltem steht. Sie schaut nach unten und schüttelt ungläubig den Kopf. »Was macht denn der Brief hier, der war doch vorhin noch nicht da«, sagt sie zu sich selbst. Hektisch, als ob sie jemand beobachten könnte, hebt sie den Brief mit spitzen Fingern auf. Ihr Herz rast vor Aufregung, ihr Atem geht schwer und ihr Brustkorb zieht sich zusammen. Angespannt öffnet sie den Brief und liest fassungslos wieder und wieder die Worte: »Finde meinen Mörder! Er ist unter euch und du kennst ihn. Finde ihn und sorge dafür, dass er bestraft wird. Wenn es dir nicht innerhalb von dreißig Tagen gelingt, muss ich dich bestrafen. Und merke dir: Ich finde dich überall!«

Die Buchstaben fangen auf einmal auf dem Papier zu tanzen an und in ihrem Geist löst sich langsam alles in Blut auf. Entsetzt lässt sie den Brief fallen. Die Worte hallen in ihren Ohren wie Peitschenhiebe, die sie zu spüren glaubt.

Der Zettel, auf dem diese Zeilen geschrieben sind, ist schmutzig und die Buchstaben sind in einer kindlichen Schrift geschrieben. Dennoch versagen ihre Beine fast, als sie zur Couch wankt und wie ein Sack darauffällt. Ihr wird heiß und kalt. »Was soll das alles? Bin ich immer noch im Traum?« Ihre Gedanken überschlagen sich und sie sieht auf die Uhr. Es ist gerade drei Uhr morgens. Erneut greift sie zum Telefon und wählt nun die Nummer von Kruse.

»Ja, Kruse«, meldet der sich mit verschlafener Stimme, »ich hoffe, es geht um etwas wirklich Wichtiges, dass Sie mich um drei Uhr früh aus dem Bett klingeln? Was ist denn so dringend, dass es nicht bis morgen Zeit hat?«

Anita erzählt aufgeregt flüsternd und mit ängstlich zitternder Stimme dass ein Brief unter ihrer Wohnungstür durchgeschoben worden sei und sie selbst auch umgebracht werden soll.

Kruse versucht sie zu beruhigen, denn er versteht nur einen Teil von dem, was sie ihm über diesen Brief erzählt. Er teilt ihr mit ruhiger Stimme mit, dass er in dreißig Minuten bei ihr sein werde und sie die Tür erst nach dem verabredeten Klingelzeichen öffnen solle.

Kruse legt den Hörer auf und zieht sich schnell an. Bevor er die Wohnung verlässt, informiert er jedoch noch seinen Kollegen Paul. Er gibt ihm die Adresse von Anita und sie verabreden sich direkt vor ihrer Türe.

Anita wartet zwischenzeitlich ungeduldig auf das Klingelzeichen. Obwohl sie friert, tritt ihr plötzlich der Schweiß auf die Stirn und sie spürt, wie ihr Kreislauf zusammenzubrechen beginnt. Sie hat ein starkes Rauschen in den Ohren und ein Schwindelgefühl macht sich bemerkbar. Trotzdem liest sie immer wieder diesen Brief und sie zermartert sich den Kopf darüber, wer der Bekannte oder Freund sein könnte, den der Schreiber meint. Hinter ihrer Stirn arbeitet es auf Hochtouren. Aber es will ihr niemand einfallen, der zu solch einer grausamen Tat fähig wäre. Anita setzt sich frustriert in den Sessel und ihr Leben zieht in Bruchteilen von Sekunden an ihr vorüber.

Sie ist wohl behütet als Einzelkind aufgewachsen. Daher hat sie immer alles, was sie sich wünscht, bekommen. Ihre beste Freundin ist schon verheiratet und hat ein Baby. Kontakt hat sie aber seit Monaten nicht mehr zu ihr, da die

Interessen im Moment zu sehr auseinandergehen. Für Freunde hat sie wenig Zeit, weil ihr Ehrgeiz dafür keinen Raum lässt. Und auch beim Joggen begegnet ihr kaum jemand, da sie immer schon sehr früh morgens läuft. Gedankenverloren schaut sie aus dem Fenster. Die nächtlichen Schatten der Pflanzen und Bäume, im darunter liegenden Garten, sind ihr heute zum ersten Mal unheimlich. Sie spürt Angst, tiefe schreckliche Angst, in sich aufsteigen. Sie kriecht langsam von den Fußspitzen bis in den Nacken. Sie versucht vergeblich sie von sich abzuschütteln.

In der Zwischenzeit läutet Kruse schon zum dritten oder vierten Mal. Immer wieder mit dem vereinbartem Klingelzeichen. Anita reagiert jedoch nicht. Zum Glück verlässt ein junger Mann, der zur Arbeit muss, das Haus. Kruse zückt schnell seinen Ausweis und betritt gemeinsam mit seinem Kollegen Paul den Flur. Schnell finden sie Anitas Wohnungstür. Sie klopfen und hämmern gegen die Türe und Kruse poltert mit lauter Stimme: »Frau Talke, so öffnen Sie doch endlich die Tür; oder müssen wir sie eintreten?«

Anita wird aus ihren schrecklichen Gedanken gerissen als sie realisiert, dass Kommissar Kruse vor der Tür steht, und öffnet sie kleinlaut. Kruse erschrickt, als er Anita sieht, und sagt mitleidvoll »Meine Güte Sie sind ja kreidebleich.«

Anita sieht ihn aus müden Augen an und antwortet vorwurfsvoll: »Hätte das nicht bis morgen Zeit gehabt, ich bin total fertig?«

»Nein, das hat es nicht«, schnauzt er Anita gereizt an. Immerhin ist er ja auch zu dieser unselig frühen Zeit aus dem Bett geholt worden. »Zeigen Sie das Ding endlich her«, verlangt er. Dann setzt er sich mit dem Brief in der Hand umständlich auf die elegante Couch im Wohnzimmer und liest ihn. Anita registriert jetzt den jungen Mann neben Kruse und schaut ihn fragend an. Paul geht auf Anita zu und stellt sich vor. Er reicht ihr die Hand und schaut sie interessiert an. »So eine zarte, hübsche, junge Frau«, denkt er mitleidig. Anita blickt ihn aus traurigen Augen an. Ohne dass Paul etwas dagegen tun kann, wird ihm warm ums Herz. Anita sagt kein Wort, doch auch sie fühlt diese plötzliche Wärme in sich aufsteigen. Um das Schweigen zu brechen, bittet Paul Anita, ihn beim Vornamen zu nennen. »Das wird die momentane Situation ein wenig einfacher machen«, lächelt er sie an. Anita sieht in seine warmen, braunen Augen. Paul ist ein sehr gut aussehender junger Mann. Sie schätzt ihn auf knappe dreißig Jahre. Die dunklen Haare, der drei-Tage-Bart, die ironisch lächelnden Lippen und die Narbe an der rechten Wange geben ihm etwas Verwegenes. Anita wird ganz mulmig in der Bauchgegend, denn der Typ gefällt ihr sehr gut. Schade nur, dass es der völlig falsche Zeitpunkt ist, denkt sie bei sich. Anita hat das Gefühl, das Paul mitbekommt, was sie gerade so denkt und fühlt, und wendet sich von ihm ab. Er soll nicht sehen, dass sie gerade rot geworden ist.

Paul grinst in sich hinein, ihm ist ihr »Rotwerden« nicht entgangen. Um die Situation etwas zu entschärfen, fragt Paul noch einmal, ob er sie Anita nennen darf.

Anita antwortet verdattert. »Oh ja gerne, wie war doch noch mal Ihr Name?«

Paul ignoriert die Frage und schaut sich in der kleinen, gemütlichen Wohnung interessiert um. Anita geht in die Küche und fragt gleichzeitig in die Runde, ob jemand Tee möchte. Sie will und muss sich einfach ablenken. Sie fühlt sich in eine Rolle versetzt, die sie nicht spielen will, und hofft, dass jeden Moment der Vorhang fällt. Kruses Worte holen sie in die Gegenwart zurück.

»So …! Paul bleibt den Rest der Nacht bei Ihnen. Er wird vor Ihrer Tür wachen. Alternativ dazu können wir Sie natürlich auch zu Ihrem Schutz in Gewahrsam nehmen. Was Ihnen lieber ist. Morgen rufen Sie jedenfalls mal ihren Chef an und sagen ihm, dass er Sie die nächsten Tage freistellen muss. Ruhen Sie sich jetzt noch etwas aus. Um elf Uhr vormittags erwarte ich Sie auf dem Revier; dort werden wir dann weiter überlegen, was zu tun ist.«

»Lieber ist mir, wenn Ihr Kollege hier bleibt«, wispert Anita »Ist denn schon bekannt wer die junge Frau ist? Wird sie vermisst, hat sie Familie?«

»In Ordnung«, nickt Kruse. »Das andere klären wir alles morgen, also ruhen Sie sich aus.« Kruse schließt leise die Tür hinter sich. Anita geht daraufhin zu Bett. Zwar glaubt sie nicht, dass sie schlafen können wird, aber als sie sich in ihrem Bett ausstreckt, fordern der Stress und die Schlaftablette, die sie genommen hat, schnell ihr Recht. Sie schläft fast sofort ein und kann die restlichen Stunden bis zum Morgen durchschlafen.

»Guten Morgen Herr Schmidt«, klingt die Stimme von Anita am nächsten Tag durch das

Telefon. Heute werde ich später kommen, ich sitze hier wieder beim Kommissar. Es ist schlimm, was mit mir im Moment passiert.«

»Anita, machen Sie sich keine Sorgen«, sagt ihr Chef, »kommen Sie vorbei, wenn die Sache auf dem Revier erledigt ist. Wir finden bestimmt eine Lösung.« Anita wird wütend und kann sich kaum beherrschen, als sie in den Hörer spricht. »Was denn für eine Lösung, Herr Schmidt? Meinen Sie, ich habe Lust, tatenlos zuzusehen, wie mich jemand abmurksen will?«

Voll ohnmächtiger Wut, kullern ihr dabei Tränen über das Gesicht.

Kruse hat stumm zugehört. Als sie auflegt, sagt er: »So, Frau Talke, Sie werden jetzt mit meinem Kollegen eine Liste mit allen Namen von Freunden, Bekannten, Mitarbeitern, Chefs, Schulkameraden usw. erstellen. Wir werden dann alle befragen. Sie müssen außerdem überlegen, wo Sie sich die nächsten Tage aufhalten wollen. In ihre Wohnung können Sie momentan nicht zurück. Holen Sie nur das Nötigste für ein paar Tage, mein Partner wird Sie begleiten. Alte Gewohnheiten müssen Sie ebenfalls für einige Tage ablegen. Könnten Sie nicht vielleicht zu Ihren Eltern ziehen? Die Ermittlungen laufen auf Hochtouren und ich würde mich wohler fühlen, wenn der Mörder nicht wüsste, wo Sie sind.«

»So ein Schwachsinn, Herr Kruse«, murrt Anita genervt. »Wenn ich zu meinen Eltern ziehe, kann ich auch gleich in meiner Wohnung bleiben.«

Um Kruse zu beruhigen, mietet sie sich jedoch für die nächsten Tage in einer Pension im Nachbardorf ein. Darüber ist sie nicht glücklich. Sie liebt ihre kleine, gemütliche Wohnung. Normalerweise, wenn sie nach getaner Büroarbeit nach Hause kommt, drängt es sie regelrecht danach, ihren Körper zu spüren. Je nachdem, wie sie Lust hat, geht sie entweder auf ihren Hometrainer oder tanzt nach flippiger Musik solange, bis sie den Arbeitstag von sich abgeschüttelt hat. Das beruhigt ungemein und sie kann danach besser schlafen. Sie hasst es, in fremder Umgebung zu sein; zumal sie der festen Überzeugung ist, dass der Täter sie überall, spätestes aber auf dem Weg in die Kanzlei, finden wird.

Anita sitzt in dem einzigen uralten Sessel in dem Pensionszimmer und ihre Gedanken purzeln in ihrem Gehirn wild herum. Sie zermartert sich wieder einmal den Kopf, wer für solch einen Mord in Frage kommen könnte, aber es fällt ihr keine einzige Person, der sie so etwas zutrauen würde, ein. Ihr Chef Herr Schmidt ist seit zwei Jahren glücklich verheiratet und hat eine süße Tochter. Herr Schmitz ist ebenfalls verheiratet. Der hat sogar schon Enkelkinder und sicherlich keinen Grund, eine junge Frau umzubringen. Bleiben nur noch Karin Belts und Sven, der Kanzleigehilfe. Über Sven und Karin kann sie nicht viel sagen. Sie weiß nur, dass Karin verheiratet ist und niemand ihren Mann persönlich kennt. Eigentlich verhält die sich so, als ob er nicht existieren würde Sven traut sie solch ein Verbrechen auch nicht zu. Bleiben nur noch ein paar oberflächliche Bekannte oder Liebhaber. Ihr fallen jetzt so einige kleine Liebschaften ein und sie muss trotz der Misere, in der sie sich gerade befindet, lächeln. Viele Männer drehen sich nach ihr um. Sie ist eine sehr hübsche junge Frau mit einem tollen Körper. Jeder kann sehen, dass sie Sport macht und sich in Form hält. Die flippigen Klamotten und die bunten Farben, die sie gerne trägt, passen fantastisch zu ihr. Sie ist eine Augenweide. Am liebsten trägt sie T-Shirt und Jeans. Ihr Gang ist beschwingt und locker und sie strahlt eine starke Persönlichkeit aus. Wenn sie mal mit einer Bekannten zum Tanzen geht, wird sie umschwärmt. Das gefällt ihr natürlich sehr gut. Sie findet es nur schade, dass sie dafür einfach zu wenig Zeit hat und darum viel zu selten das Leben genießt. Aber sie tröstet sich damit, dass zum Ausgehen immer noch genug Zeit ist, wenn sie ihre Weiterbildungsmaßnahmen abgeschlossen hat. Zwar weiß sie insgeheim, dass sie sich damit etwas vormacht, doch im Moment sind ihr ihre beruflichen Ziele eben einfach wichtiger.

Anita kann diesen Buchstabenwirrwarr in ihrem Kopf nicht abschalten. Wie die Endlosschleife eines Bandes rattert es in ihrem Hirn und treibt sie fast in den Wahnsinn. Erstmals schaut sie sich in dem Raum bewusst um. Das Zimmer ist sehr spärlich eingerichtet. Lediglich ein Bett, ein Nachttisch, ein unbequemer alter Sessel aus Plüsch und ein Schreibtisch befinden sich darin. »Eine echt traurige Angelegenheit«, denkt sie und geht ins angrenzende Bad. Wenigstens hat sie eine Wanne zur Verfügung und nicht nur eine Dusche. Unmittelbar nach dem Entspannungsbad fällt sie erschöpft in das quietschende Bett.

Unruhig wälzt sie sich hin und her. Ein böser Traum begleitet ihren Schlaf.

Plötzlich, ohne Vorwarnung steht sie wieder im Wäldchen unter der dicken Buche und macht wie immer nach der ersten Runde ihre Dehnübungen bei »ihrer« Bank. Plötzlich packt sie etwas brutal am Arm und zerrt sie von der Bank. Sie stolpert und fällt. Jemand zieht sie an den Haaren wieder auf die Beine. Sie will schreien, doch es kommt, so sehr sie sich auch anstrengt, kein Laut aus ihrem Mund. Sie strampelt und rudert mit den Armen, um sich von dem Angreifer zu befreien, aber es gelingt ihr nicht. Wieder fällt sie hin, sie steht auf und rennt los. Doch plötzlich merkt sie entsetzt, dass sie sich nicht von der Stelle bewegt. Panik macht sich breit und sie bekommt keine Luft, etwas drückt ihr mit Macht auf den Brustkorb. Sie öffnet den Mund zum Schrei, aber da stopft ihr der Angreifer ein stinkendes, blutverschmiertes Tuch in den Mund.

Durch einen unerklärlichen Ruck wacht sie auf. Ihr Ellenbogen, den sie sich beim Fall aus dem Bett aufgeschlagen hat, schmerzt. Ihr T-Shirt klebt an ihr. Ihr Körper, das Gesicht und die Haare sind schweißnass. Sie rappelt sich hoch und setzt sich benommen wieder auf die Bettkante. Ihre Vermieterin klopft laut an die Tür.

»Ist alles in Ordnung bei Ihnen, Frau Talke? Sie haben fürchterlich geschrien und dann hat es gepoltert.«

Noch immer benommen von dem Fall aus dem Bett antwortet Anita mit zittriger Stimme: »Vielen Dank für die Fürsorge, mir geht es gut, ich habe nur schlecht geträumt. Entschuldigen Sie bitte, falls ich Sie geweckt haben sollte.« Ihr Magen verkrampft sich, ihre Augenlider werden schwer und ihr Kopf dröhnt, als ob ein Zug quer hindurch fahren würde. Wieder hat sie die tote, junge Frau vor Augen, die sie zahnlos und hämisch angrinst.

»Jetzt muss ich versuchen zu schlafen, sonst überstehe ich die nächsten Tage nicht. Hoffentlich wird der Mörder bald gefunden«, stöhnt sie vor sich hin und nimmt eine Schlaftablette. Endlich fällt sie kurz darauf in den wohlverdienten Schlaf.

Trotz intensiver Suche nach dem Mörder kann Kruse keinen Erfolg vorweisen. Anita ist wieder in ihre Wohnung zurückgekehrt. Die Angst ist seit dem Geschehen ihr ständiger Begleiter. Sie fühlt sich ständig beobachtet und rätselt, warum der Mörder gerade sie ausgesucht hat. Kann es sein, weil ich die Leiche gefunden habe? fragt sie sich.

Inzwischen ist die Tote als Marlis Wolf identifiziert worden. Auf Grund eines Zeitungsartikels mit Foto erkannte eine ältere Dame das Mädchen und meldete sich bei Kruse. Sie erzählt, dass die Verstorbene eine Weile bei ihr als Untermieterin gewohnt und ihren Unterhalt mit musikalischen Darbietungen auf der Straße verdient habe. Auch habe sie ihr erzählt, dass sie im Heim aufgewachsen sei, nachdem ihre Mutter zwei Jahre nach ihrer Geburt gestorben war. Ihren Vater habe sie nicht gekannt, aber nach ihm gesucht. Vor ungefähr drei Wochen sei sie dann ausgezogen, weil sie angeblich eine kleine Wohnung gefunden habe. Ein gepflegter Herr habe sie an diesem Tag mit einem grauen Mercedes abgeholt. Die ältere Dame habe sein Alter auf ungefähr fünfundvierzig bis fünfzig Jahre geschätzt. Marlis habe ihr noch anvertraut, dass der elegante Mann verheiratet sei. Als Kruse das Anita erzählt, runzelt die nur die Stirn.

»Aber was hab ich denn damit zu tun? Offensichtlich soll ich ja den Mörder kennen. Ist das nicht eigenartig, Herr Kruse?« Nervös läuft sie dabei in ihrer Wohnung auf und ab. Die Gedanken schlagen Purzelbäume und sie kann sie einfach nicht abstellen.

»Nur noch knapp drei Wochen haben sie Zeit den Mörder dingfest zu machen, bevor er sich mit mir beschäftigen will.« Laut spricht sie diesen Gedanken aus. Sie klopft dabei nervös mit ihren Fingern auf die Tischplatte. Dann überlegt sie laut: »Alle Freunde, Bekannten, Liebhaber, Kollegen, Schulfreunde und Eltern die mit mir irgendwie in Zusammenhang stehen oder waren, sind durchleuchtet und vernommen worden. Alle ohne Ergebnis. Ich hätte es mir auch nicht vorstellen können, dass irgendjemand aus meinem privaten Umfeld zu so einer Tat fähig ist. Also kann es doch nur noch aus meinem Arbeitsumfeld sein, oder, Herr Kruse?«

Kruse und sein Kollege Paul sehen sie verdutzt an. »Möglich wäre das natürlich, aber wer und vor allem warum?«

In Gedanken versunken verabschieden sich beide von Anita.

»Paul, treffen wir uns morgen früh hier vor der Tür zum Joggen?«, ruft Anita den Männern hinterher.

»Klar machen wir, bis morgen dann«, hört sie Paul aus dem Treppenhaus nach oben rufen. Paul und Anita verstehen sich mittlerweile ganz gut. Er hilft ihr mit seinem Humor und seiner Fröhlichkeit, wenigstens zeitweise die Misere in der sie sich derzeit befindet zu vergessen,

Anita ist froh, dass die Tote inzwischen ein würdevolles Begräbnis bekommen hat. Eine kleine Feier und einen richtigen Sarg mit einem Prediger. Anita hat eine Initiative gestartet und innerhalb der Kanzlei und unter ihren Bekannten und Eltern gesammelt. Sogar Kruse und Paul konnte sie zu einer kleinen Spende überreden.

Wieder sind einige Tage vorübergegangen und sie freut sich, nach einem arbeitsreichen Tag nach Hause zu kommen. Seit das Ganze passiert ist, nimmt sie jeden Abend vor dem Schlafengehen eine Schlaftablette und ihr Lieblingsbuch zur Hand und hofft, wie jeden Abend, nicht von Albträumen geplagt zu werden. Auch heute hat sie das vor. Ständig stellt sie sich vor, wie die junge Frau gelitten haben muss. Gänsehaut ist inzwischen ihr ständiger Begleiter. Plötzlich fällt ihr das Blatt, welches ihr am Tatort entgegengeweht wurde, in die Hände. Gedankenverloren streicht sie über das bereits getrocknete bunte Blatt und murmelt müde: »Wir werden den Mörder ganz bestimmt finden.« Anita hört plötzlich, wie kleine Steine gegen ihr Fenster prallen und ihr fällt siedend heiß ein, dass sie ja mit Paul zum Joggen verabredet ist. Sie läuft schnell zum Fenster und ruft zu ihm hinunter: »Ja, ja, ich komme schon. Bin gleich da.« Ihre anfängliche Müdigkeit ist wie weggeblasen.

Anita macht vor Paul aus ihren Überlegungen und Ängsten inzwischen kein Geheimnis mehr. Im Gegenteil! Es tut ihr sogar gut, mit ihm darüber reden zu können. »Heute machen wir einen kleinen Umweg über den Friedhof«, sagt sie. »Die junge Frau geht mir nicht aus dem Kopf, wenigstens möchte ich das Gefühl haben, dass sie nicht alleine ist.«

»Klar, kein Problem«, antwortet Paul lachend, »ich kann verstehen, dass Sie sich beruhigen wollen, Anita.« Anita straft ihn mit einem bösen Blick und läuft schweigend los. Paul folgt ihr grinsend. Außer Atem halten sie an dem Grab der Ermordeten an. Anita stutzt. »Was ist denn das? Wie kommt denn der Grabstein hierher?« Beide treten näher und lesen die Inschrift.

»Du bist nicht mehr da, wo du warst, aber du bist überall dort, wo auch ich bin.«

Paul läuft sofort den Weg, den sie gekommen sind, zurück und ruft Anita zu, dass er Kruse sofort verständigen müsse. »Vielleicht finden wir ja jetzt etwas, das uns einen echten Hinweis auf den Mörder gibt. Oder zumindest, wer noch mit der Toten in Verbindung gestanden ist.«

Anita steht jetzt allein am Grab und ein plötzliches Frösteln läuft ihr über den Rücken.

Ein Rascheln in ihrer Nähe lässt sie zusammenfahren, trotzdem reagiert sie blitzschnell. Wieder huscht ein Schatten vorbei. Instinktiv läuft sie hinterher, aber das Etwas ist schneller und verschwindet hinter einem großen Gebüsch. Anita ringt nach Atem und flucht. Sie ärgert sich, dass sie nicht schnell genug gewesen ist. »So ein Mist, warum habe ich bloß nichts erkannt?« Sie greift zum Handy, wählt die Nummer von Kruse, die sie eingespeichert hat, und erzählt ihm, was sie gerade erlebt hat.

»Bleiben Sie um Gottes Willen, wo Sie sind, vielleicht finden wir ja Fußspuren. Offensichtlich ist jemand unvorsichtig geworden.«

Sie verspricht auf der Stelle stehen zu bleiben und beschreibt den Weg, den sie gelaufen ist. Als Kruse bei ihr eintrifft ist er stocksauer auf Paul. »Wie konnte er Sie bloß hier alleine lassen? Was wenn der, den Sie gesehen haben, der Mörder war?«

Doch die Suche ergibt wieder keine verwertbaren Spuren.

Einige Tage sind seitdem vergangen und es gibt nach wie vor keine brauchbaren Hinweise. Anita hofft jeden Tag auf dem Weg in die Kanzlei, dass der Albtraum, bald vorbei sein und Kruse sie anrufen wird. Heute ist wieder die wöchentliche Kanzleibesprechung mit allen Anwälten und Mitarbeitern. Es bedeutet immer viel Arbeit und Konzentration, aber dieses Mal ist sie dankbar dafür, dadurch von ihren Ängsten ein wenig abgelenkt zu werden. Das Telefon klingelt und Anita gibt Sven einen Wink, dass er das Gespräch annehmen soll.

»Nein. Ja, sie ist da, aber in einer Besprechung, und darf nicht gestört werden. Geht es in einer halben Stunde?«, hört sie ihn mit dem Anrufer sprechen. Plötzlich nimmt Sven den Hörer erschrocken vom Ohr, sodass alle mithören können

»Zum Donnerwetter, wenn Sie Frau Talke nicht sofort ans Telefon holen, nein, warten Sie, besser, sie findet sich in spätestens zwanzig Minuten in der Polizeidienststelle ein, sonst lasse ich sie verhaften. Verstanden?!«

Verdutzt sehen sich Anita und die Kollegen an.

Anita nimmt den Hörer und will Kruse ziemlich ungehalten über seinen rüden Ton zurechtweisen – immerhin ist sie eine arbeitende Frau – doch dann hört sie nur atemlos zu. Was Kruse ihr da berichtet, wirkt elektrisierend auf sie. Sie guckt nervös in die Runde und erklärt, dass ein Schuhabdruck gefunden worden ist und Kruse nun von ihr wissen will, ob sie jemanden mit der Schuhgröße kennt.

Die Sitzung wird unmittelbar darauf aufgehoben und Anita bekommt freie Bahn.

»Danke, Leute, wenn ich das in zwanzig Minuten schaffen will, muss ich jetzt los.« Sie will sich sofort auf den Weg zu Kruse machen. »Moment, Anita, ich fahre Sie hin«, ruft Karin und zieht dabei schon ihren Mantel an. »Los geht's, sonst schaffen Sie es wirklich nicht.«

Anita ist total verdattert, dass sich Karin Belts auf einmal einmischt, und folgt ihr darum wortlos.

Später am Tag spricht Anita ihren Chef Herrn Schmidt an: »Ich denke, Kruse wird langsam nervös. Es ist ja schließlich nur noch knapp ein halber Monat Zeit. Zwei Wochen sind schon ergebnislos rum und der Mörder ist immer noch nicht gefasst.«

Schmidt legt Anita beruhigend seine Hand auf die Schulter und antwortet: »Meine Güte, Anita, können Sie überhaupt noch schlafen?«

Mitleidig sieht er sie dabei an. Jetzt wird Anita doch ein bisschen verlegen. Sie antwortet mit einem Schulterzucken. »Was soll ich denn machen, dem Mörder ist das doch leider völlig egal.« Die Aufregung in ihrer Stimme ist unüberhörbar.

Bei der Polizeistation angekommen steigt Anita aus und geht zum Eingang. Überrascht stellt sie fest, dass Karin Belts ihr wie selbstverständlich folgt. Kruse poltert sofort darauf los, als Anita die Tür öffnet.

»Na da sind Sie ja endlich. Also, Anita, wir haben einen Schuhabdruck gefunden. Es ist, so, wie es aussieht, ein Männerschuh Größe sechsundvierzig, wobei offensichtlich ein Fuß hinterhergezogen wird. Aber der Mann muss auch ziemlich kräftig sein«, schiebt Kruse hinterher. »Kennen Sie jemanden mit dieser Schuhgröße und einer solchen Behinderung?«

Anita schüttelt den Kopf. »Wenn Sie mich so fragen, nein, natürlich nicht! Wie auch? Ich schaue den Leuten doch nicht auf die Füße, und überhaupt, wie kommen Sie darauf, dass ich das wissen müsste? Gibt es denn schon Hinweise auf den Mann mit dem grauen Mercedes? Den möglichen Liebhaber der Toten?«

Anita spielt nervös mit ihren Händen und platzt fast vor Neugier und Angst. Ihr Körper ist so angespannt, dass er schmerzt. »Schließlich sind es nur noch wenige Tage, bis ich ermordet werden soll. Wie stellen Sie sich das denn weiter vor? Ich finde kaum noch Schlaf. Jede Nacht höre ich Schritte und schlafe nur noch bei Licht. Und wenn ich dann doch mal einschlafe, habe ich ständig diese Albträume, in denen ich genauso zugerichtet wie diese Frau Wolf im Wald liege. Glauben Sie, dass das witzig ist?«

Anita merkt, dass sie sich in einem hysterischen Anfall befindet. Paul legt ihr beruhigend den Arm um die Schulter.

»Anita, wir sind dran. Sie wissen, dass wir nichts bekanntgeben dürfen. Kommen Sie, ich fahre Sie nach Hause und mache Ihnen einen Tee. Dann reden wir und überlegen gemeinsam, wie wir weiter vorgehen wollen, um Sie zu schützen.«

Anita nickt und sieht ihn dankbar an. Paul schiebt sie daraufhin aus der Türe und führt sie zu seinem Wagen. Keiner im Amtszimmer beachtet dabei Karin Belts, die noch immer mitten im Raum steht und das Geschehen mit einem seltsamen Blick beobachtet.

Paul macht in Anitas Wohnung wie versprochen Tee. Anita ist ziemlich am Ende mit ihrer Kraft, denn die Angst frisst sie allmählich auf. Seit dem furchtbaren Morgen, als sie die Tote gefunden hat, muss sie sich zwingen, auf die Straße zu gehen. Ständig fühlt sie sich beobachtet. Auch stellt sie Veränderungen an sich fest, die ihr vorher fremd waren. Sie ertappt sie sich immer häufiger dabei, dass sie in Blickrichtung zur Tür oder an der Tür sitzen muss. Wenn ihr das nicht gelingt, fühlt sie sich sofort unbehaglich und verlässt den Raum lieber wieder. Auch wenn kein Fenster im Raum ist, so wie im Kommissariat, besteht sie darauf, dass die Tür offen bleiben muss. In letzter Zeit meidet sie Rollkragenpullover, denn immer wenn sie einen über den Kopf stülpen will, bekommt sie Panik. Das alles kennt sie an sich nicht. Mittlerweile schließt sie sogar ihre Wohnungstür nicht mehr ab und auch im Büro bleiben alle Türen offen, damit sie jederzeit flüchten kann, wenn sie sich bedroht fühlt. In der Nacht bekommt sie Schweißausbrüche, Herzrasen und Panikattacken.

»So, der Tee ist fertig«, platzen Pauls Worte in ihre Grübelei. »Kommen Sie, setzten Sie sich zu mir. Meine Güte, was ist mit Ihnen, Anita? Sie sind ja klatschnass, jetzt beruhigen Sie sich doch erst einmal, wir finden den Mörder schon noch.«

»Ja ... Paul ... haben Sie was gesagt?« Anita hört ihre eigenen Worte, wie aus weiter Ferne gesprochen. »Ich glaube, mir ist schlecht und ich habe wahnsinnige Kopfschmerzen. Ich kann einfach nicht mehr!«

Ohne weitere Vorwarnung kippt sie nach hinten auf die Couch. Paul springt sofort zu ihr und bringt sie in eine stabile Seitenlage. Stirnrunzelnd beobachtet er sie und fühlt ihren Puls. Doch dabei stellt er fest, dass sie einfach völlig entkräftet, eingeschlafen ist. Angst, ständiger Schlafentzug und die Schlaftabletten haben nun ihren Tribut gefordert. Leise holt er eine Decke aus ihrem Schlafzimmer und legt sie über Anita. »Armes Mädchen«, murmelt er vor sich hin, während er ihr sanft über die Wange streicht. Dann verlässt er die Wohnung. Anita schläft tief und fest.

Als sie nach einigen Stunden wach wird, wundert sie sich, dass Paul nicht mehr da ist. Sie sieht auf ihre Uhr und stellt überrascht fest, dass es drei Uhr in der Frühe ist. Müde schlurft sie in ihr Bett, denn die Couch ist auf Dauer zum Schlafen doch zu unbequem. Doch nun wälzt sie sich unruhig hin und her und kann einfach nicht mehr einschlafen. Wieder, wie so oft in den vergangenen Nächten, quält sie sich aus dem Bett und nimmt eine Schlaftablette. Kaum hat sie die Tablette geschluckt, trifft sie etwas Hartes am

Hinterkopf. Schlagartig wird sie von der Dunkelheit umgeben.

»Wo bin ich, warum ist es hier so kalt?«, fröstelt sie. Sie kann sich nicht bewegen und beginnt panisch zu werden. »Was soll das?« Ihr Körper spannt sich, ihr Herz rast und ihr wird schwindelig. Mit Entsetzen registriert sie, dass sie gefesselt auf etwas Kaltem liegt. Es raschelt in ihrer Nähe, hoffnungsvoll richtet sie ihre Augen, die sich so langsam an die Dunkelheit gewöhnen, in die Richtung des Geräusches. Enttäuscht und angeekelt sieht sie die Mäuse, die leise hin und her huschen. Ihr dreht sich der Magen um und sie muss sich übergeben. Ein Zittern durchzieht ihrem Körper. »Mein Leben hat hier ein Ende«, schluchzt sie. »Paul, wo bist du nur?«, schreit sie und erschrickt vor dem eigenen Schrei, der schrill wie von einem gehetzten Tier klingt und von den Kellermauern zurückprallt.

Plötzlich betritt jemand den Keller und stellt sich vor sie. Die Gestalt ist komplett vermummt und unkenntlich. Anita starrt sie mit weit aufgerissenen Augen an. Unerwartet hört sie Worte, die sie wie Peitschenhiebe treffen. Anscheinend spricht die Gestalt diese Worte nicht selbst. Sie scheinen aus dem Rekorder, den sie unter dem Arm trägt, zu kommen.

»Das hier ist ein Vorgeschmack auf das, was dich erwartet, wenn du den Mörder nicht findest. Einen kleinen Hinweis gebe ich dir noch. Der Mörder ist in deinem unmittelbaren Umfeld zu finden. Also streng dich an. Wie du siehst, kann dich niemand vor mir schützen. Wenn ich dich finden will, finde ich dich. Jetzt löse ich deine Fesseln. Du darfst gehen, wenn du beim Zählen die Zahl Hundert erreicht hast. Gehst du vorher, ist dein Leben sofort zu Ende«. Schnell löst die Gestalt die Fesseln und verschwindet dann wieder, so leise wie sie gekommen ist.

Unfähig über den Sinn der Worte nachzudenken, fängt Anita wie unter Zwang zu zählen an. Immer schneller rattert sie die Zahlen mechanisch herunter. Endlich hat sie die Hundert erreicht. Voll Panik will sie fluchtartig den Raum verlassen; aber sie ist unfähig, auch nur einen Fuß vor den anderen zu setzen. Egal, wie sehr sie sich auch anstrengt, ihre Beine wollen einfach nicht gehorchen. Ihre Gedanken überschlagen sich, ihr Herz droht ihr förmlich aus dem Hals zu springen. Plötzlich sieht sie, wie sich ihr Geist von ihrem Körper trennt und sich in Richtung Ausgang bewegt. Schluchzend fällt sie in sich zusammen. Wieder zu sich gekommen erkennt sie, dass sie in ihren eigenen Keller verschleppt worden war. Stück für Stück zieht sie sich auf allen Vieren die Treppe hoch. Ihre Augen suchen dabei ängstlich die Dunkelheit um sich herum ab. Endlich erreicht sie die Tür zum Treppenhaus. Sie will sich aufrichten und stößt sich den Kopf hart an einem Hindernis in der Dunkelheit. Mit einem grellen Schmerzensschrei bricht sie zusammen. Wieder umgibt sie eine wohltuende Dunkelheit.

Verzerrte Stimmen rufen ihren Namen, doch sie will nicht antworten. Müde ... sie ist so unendlich müde. Ihre Augenlider sind schwer wie Blei und lassen sich nicht öffnen.

»Wach auf, Anita. Du bist in Sicherheit. Du liegst im Krankenhaus«, hört sie aus weiter Ferne Pauls Stimme. »Mein Gott, wie konnte das nur geschehen, wie ist er bloß in die Wohnung gekommen? Anita, wir haben Leute vor der Tür postiert. Wir haben eine rund-um-die-Uhr-Bewachung angeordnet. Wie konnte er an den Kollegen vorbeikommen?«

Anita dreht sich weg von ihm und flüstert: »Warum hast du mich im Stich gelassen, wolltest du nicht auf mich aufpassen?« Diese Anklage trifft Paul tief, mit hängenden Schultern verlässt er das Krankenzimmer. Er fühlt sich schuldig. Er hat die Gefahr nicht ernst genug genommen.

Anita erholt sich langsam; sie fühlt sich leicht wie eine Feder und hat das Gefühl Berge versetzen zu können. Natürlich ist ihr klar, dass sie diesen Zustand nur den Beruhigungspillen zu verdanken hat. Aber das scheint unwichtig zu sein. Die Striemen an Händen und Füßen von den Fesseln sind nur noch gerötet. Die Albträume allerdings sind geblieben.

Inzwischen laufen die Ermittlungen weiter auf Hochtouren. Endlich ist es gelungen den Vater der Toten – den Mann mit dem grauen Mercedes – ausfindig zu machen. Die Erkenntnisse behält Kruse jedoch erst einmal für sich. Anita nutzt die Zeit im Krankenbett, um alle Namen aufzuschreiben, die ihr noch einfallen. Diejenigen, die überhaupt nicht in Frage kommen, streicht sie. Am Schluss bleiben nur ihre Kollegen aus der Kanzlei übrig. Erschrocken über diese Erkenntnis, zieht sie sich an und verlässt, ohne sich abzumelden, das Krankenhaus. Sie muss schmunzeln, denn sie sieht im Geist jetzt schon das wutentbrannte Gesicht von Kruse vor sich und hört das Donnerwetter für die armen Polizisten, die sich vor der Türe mit den

Schwestern unterhalten haben, als sie sich davongeschlichen hat.

In diesem Moment wäre es für den Mörder ein Leichtes gewesen, sie trotz Wachen vor der Türe zu töten. »Immerhin bin ich schon einige Tage hier und der Mörder ist immer noch nicht gefasst worden«, beruhigt sie sich. Sie weiß selber, dass das Unsinn ist. Aber sie muss einfach etwas tun, kann nicht tatenlos warten bis das offenbar unvermeidliche eintritt. Sie kann selbst kaum glauben, welches Wagnis sie damit eingeht, doch ihr Instinkt lässt ihr keine Ruhe. Sie muss einfach alles ausschöpfen, was ihr einfällt. Schließlich geht es ja um ihr Leben.

Endlich zu Hause angekommen sucht sie im Computer die Anschrift von Karin Belts heraus. In Ihren Kopf herrscht Chaos, doch sie sieht eine Chance, Karin Belts beobachten zu lassen und so etwas Neues zu erfahren. Eigentlich kann sie diese Hoffnung nicht logisch begründen, aber da ist etwas, etwas, das ihr aufgefallen ist, ohne dass es ihr Verstand richtig registriert hat. Zwar fragt sie sich, warum Karin eine junge Frau umbringen sollte, doch da ist diese Stimme im Hinterkopf, die ständig flüstert und sie antreibt.

»Könnte Marlis Wolf vielleicht die Geliebte von Karin Belts' Ehemann gewesen sein?«, grübelt sie weiter und stützt ihren Kopf mit den Händen ab. Doch ihr Entschluss steht fest; sie muss das Haus der Anwältin erst einmal beobachten lassen. Sie greift zum Telefon und will den Privatdetektiv Frank Carsten, der ab und zu von der Kanzlei beauftragt wird, in ihr Boot holen. »Sicherlich tut er mir den Gefallen«, denkt sie und setzt ihren Gedanken in die Tat um.

»Hallo Frank, ich bin es, Anita. Kannst du mir bitte einen Gefallen tun? Kommst du zu mir oder soll ich zu dir kommen? Also gut, dann warte ich hier auf dich.« Anita legt den Hörer auf und ist sichtlich mit sich zufrieden. Mit Frank Carsten arbeitet sie gerne zusammen, er hat ihr und ihrem Chef stets präzise Angaben zu Personen, die er beobachten sollte, geliefert. Bei einer Tasse Kaffee bittet sie ihn, die Anwältin Belts zu beobachten. Außerdem erklärt sie ihm aufgeregt die Situation, in der sie sich selbst gerade befindet. Frank, der Detektiv, scheint aber schwer von Begriff zu sein. Er schüttelt immer wieder den Kopf und schaut Anita entsetzt an. Plötzlich wird er knallrot im Gesicht. Er steht vom Tisch auf und läuft nervös vor

Anita hin und her. Anita wird ungeduldig und brüllt ihn regelrecht an. »Was ist denn los mit dir, was macht dich denn auf einmal so nervös? Willst du mich nicht aufklären?«

Frank holt tief Luft und sagt endlich nach dem zweiten Anlauf: »Anita, was ich dir jetzt erzähle, muss unter uns bleiben, versprichst du mir das?«

»Was ist denn los, Frank, du bist ja ganz blass geworden?«, antwortet Anita atemlos.

Nervös kaut Frank an seinen Fingernägeln. Anita sieht ihn angewidert an. Sie kann nicht verstehen, wie jemand an seinen Nägeln herum kauen kann. Innerlich schüttelt sie sich, doch sie hört Frank Carsten gespannt zu. Sie ist neugierig, was er zu sagen hat.

»Also eure Scheidungsanwältin Belts hat mich gebeten, ihren Mann zu beobachten. Sie hat gemeint, dass er etwas auf dem Herzen hat, es ihr aber nicht sagen will. Sie hat mir leid getan, deshalb habe ich den Auftrag angenommen. Guck mich nicht so an, Anita, sie hat mir dafür viel Geld geboten. Geld, das ich weiß Gott gut gebrauchen kann.«

Anita schaut ihn aus schmalen Augen verächtlich an. Auf ihrer Stirn bilden sich Falten. Anita kann sich jetzt nicht mehr beherrschen und brüllt Frank erneut an. Mit drohend erhobenen Fäusten geht sie auf ihn zu. Innerlich kocht sie vor Wut und Enttäuschung. Ihr Kopf droht auseinanderzuplatzen und sie hört verblüfft, dass ihre Stimme immer schriller wird. Als sie wie ein Racheengel vor ihm steht, weicht Frank ungläubig vor ihr zurück. Er erkennt Anita kaum noch. Sie schreit ihn zornig an: »Sag mal, begreifst du immer noch nicht? Hast du immer noch nicht verstanden, was ich dir vorhin erzählt habe? Dass mich ein Irrer genauso wie die arme junge Frau im Wald umbringen will?«

Frank weicht einen weiteren Schritt vor ihr zurück. Er hat plötzlich Angst vor dieser zarten jungen Frau. Er traut ihr in ihrem Zorn alles Mögliche zu, wie sie da, mit geballten Fäusten, roten Kopf und zu Schlitzen zusammen gezogenen Augen vor ihm steht. Beschwichtigend flüstert er »Ja, ich habe so etwas gehört. Ich bin ja von Kommissar Kruse zu dem Mord im Wald vernommen worden. Aber ich konnte nicht glauben, dass dir wirklich einer was antun will.«

Anita ist außer sich vor Wut und schreit ihn wieder an. »Wie kann ein Mensch nur so dämlich sein, Frank Carsten?«

Sie ist derart außer sich, dass sie sich wieder setzen musst. Das Zimmer dreht sich um sie und sie fühlt am ganzen Körper kalten Schweiß ausbrechen. Tränen des Zorns und der Verzweiflung rinnen ihr über das hochrote Gesicht. Sie ist so angespannt, dass jeder Muskel in ihrem Körper schmerzt. Erschöpft fragt sie ihn mit rauer Stimme: »Hast du Kruse das mit der Beschattung erzählt?«

»Nein, wieso auch?«, antwortet Frank »Die haben mich nicht danach gefragt, also warum soll ich dann etwas darüber erzählen? Schließlich muss ich meine Kunden schützen.«

Wieder spürt Anita Wut in sich aufsteigen. So viel Unverstand ist ihr schon lange nicht mehr untergekommen. Genervt reißt sie sich zusammen und fragt mit gefährlich leiser Stimme: »Also gut Frank, noch mal die gleiche Frage! Was ist bei der Beobachtung rausgekommen?«

Frank merkt, dass Anita nur scheinbar ruhiger geworden ist. Jetzt erzählt er ohne Pause, weil er Angst hat, dass sie wieder einen Schreikrampf bekommen könnte, was die Beschattung ergeben hat.

»Frau Belts hat ihren Mann beobachten lassen, weil sie eine Liebschaft vermutet hat. Daraufhin habe ich ihn beschattet und ihn öfters mit einer jungen Frau zusammen gesehen. Allerdings haben sie sich nicht wie ein Liebespaar benommen. Die Fotos, die ich machen sollte, habe ich Karin vor etwa vier Wochen ausgehändigt. Für mich war die Angelegenheit damit erledigt.«

Gegen Ende seiner Erzählung wird auch Frank Carsten immer leiser, denn mit jedem Wort, das aus seinem Munde kommt, wird ihm der Zusammenhang klarer. Beide starren sich schließlich an, unfähig etwas zu sagen. Anita geht, immer noch fassungslos, zum Telefon. Sie nimmt den Hörer und wählt Kruses Nummer. Die Zusammenhänge sind ihr noch nicht vollständig klar, aber sie weiß, dass sie damit der Sache näher kommt. Sie vermutet, dass Frau Belts mit dem Mord etwas zu tun hat …!

Doch den Gedanken will sie nicht zu Ende denken.

Immer noch schwer verstört bittet sie Frank Carsten sitzen zu bleiben, bis Kruse eintrifft. Endlich nimmt Kruse den Hörer auf dem Revier ab

»Hallo Herr Kruse«, flötet Anita in den Hörer, »ich bin nicht mehr im Krankenhaus, ich bin zu Hause. Könnten Sie vorbeikommen, ich habe nämlich Besuch und dieser Besuch möchte Ihnen etwas mitteilen. Bitte beeilen Sie sich, bevor er es sich anders überlegt.«

Ohne Gruß schneidet sie Kruses Standpauke ab, indem sie einfach auflegt. Sie hätte seine berechtigten Vorhaltungen jetzt nicht ertragen können.

Erleichtert, dass sie Kruse erreicht hat, dreht sie sich zu Frank Carsten um und bittet ihn, in im Wohnzimmer zu warten, bis Kruse eintrifft. Sie selbst geht ins Badezimmer, um sich frisch zu machen. Das Gespräch mit Frank Carsten hat ihr so einige Schweißausbrüche beschert. Sie kühlt ihr heißes Gesicht mit kaltem Wasser und erschrickt vor ihrem eigenen Spiegelbild. Dunkle Augenringe, eingefallene Wangen, Falten über der Stirn und ein viel zu ernstes Gesicht springen ihr förmlich entgegen. »Oh Mann, ich sehe ja aus wie mein eigener Schatten«, murmelt sie vor sich hin.

Es klingelt und Anita öffnet die Tür. Sie ist erleichtert, dass Kruse sich beeilt hat. »Na endlich, da sind Sie ja«, schleudert sie ihm aufgeregt entgegen.

»Ich glaube, wir haben den Mann gefunden, der die Tote abgeholt hat«, antwortet der Hauptkommissar. »Es ist Herr Belts. Es ist aber noch unklar, ob die Tote seine Geliebte war. Sicher wissen wir aber, dass er den Grabstein hat setzten lassen.«

Anita hat vor lauter Aufregung hektische rote Flecken im Gesicht und stottert: »Das ist ... das ist gut ... ist es doch, ... oder?! ... ist das wahr ... mein Gott ...! Frank, jetzt sag du doch auch mal was«, fordert sie den Detektiv mit einer wedelnden Handbewegung auf, während sie Kruse noch immer anstarrt.

»Ganz ruhig, Anita, das wissen wir bereits und wir beobachten ihn ja auch schon. Die Erkenntnis, dass Frau Belts den Detektiv beauftragt hat ist allerdings neu und die ganze Angelegenheit muss jetzt wohl aus einem anderen Blickwinkel gesehen werden.«

»Aber der Belts war es doch nicht, oder?!« Mit zuckenden Augenlidern schaut Anita Kruse an. »Jetzt reden Sie doch endlich! Verstehen Sie denn nicht, der Mörder oder die Mörder laufen noch frei herum. Vielleicht stehen die schon im Treppenhaus und warten, bis ich wieder alleine in der Wohnung bin.« Sie spuckt ihm die Worte regelrecht entgegen.

»Wir beobachten Belts und wollen ihn nur befragen, also machen Sie sich keine Sorgen. Wir sind dicht dran, glauben Sie mir«, beruhigt Kruse die zitternde Anita. »Und Sie, Herr Carsten, bekommen eine Vorladung von uns. Ich rate Ihnen dringend, der auch nachzukommen.«

Kruse ist sichtlich erbost. Doch er weiß, dass es jetzt nichts bringen würde, Anita wegen ihres Alleinganges zusammenzustauchen. Es ist klar erkennbar, wie sehr sie das alles mitnimmt. Darum verlässt er bald darauf mit dem Detektiv die Wohnung. Anita soll Gelegenheit bekommen, sich auszuruhen.

Als Anita wieder alleine in ihrer Wohnung ist, bricht alles über ihr zusammen. Sie bekommt einen regelrechten Weinkrampf. Sie sackt mitten im Wohnzimmer auf dem Teppich zusammen und weint bitterlich. Die Medikamente, die ihr im Krankenhaus verabreicht worden sind, beruhigen sie dann doch allmählich. Sie ist völlig erschöpft. Die heute dazu gewonnenen Erkenntnisse von Frank Carsten belasten sie zusätzlich. Sie kann einfach keinen klaren Gedanken mehr fassen. Genervt von ihrer eigenen Schwäche zieht sie ihre Jogginghose an und will noch eine kleine Runde laufen. Sie hofft, dadurch ihren Kopf wieder freizubekommen. Kruse hat ihr zwar angeraten, so lange der Täter nicht gefasst ist, am Abend nicht alleine auf die Straße zu gehen, aber das ist ihr im Moment völlig egal. Anita tritt auf die Straße. Zu den ersten Schritten muss sie sich noch zwingen, doch langsam nimmt ihr Tempo zu und sie merkt, wie sie sich mit jedem Schritt, den sie läuft, freier und stärker fühlt. Sie spürt die Last, die sie im Moment zu tragen hat, von sich, wie faule Äpfel von den Bäumen, abfallen. Voller neuem Lebensmut rennt sie so schnell, wie sie ihre Beine tragen. Erst jetzt merkt Anita, dass sie die Hauptstraße verlassen hat und wie gewohnt ihre Runde am Rande des Wäldchens gelaufen ist. Erschrocken bleibt sie stehen und sieht sich um.

»Was ist das für ein Geräusch?« Mit einem Schlag wird ihr bewusst, dass ihr der Übermut jetzt zum Verhängnis werden kann. Plötzlich trifft sie wieder etwas Hartes am Hinterkopf. Langsam dreht sie sich um, sieht ihren Peiniger noch an und fällt dann wie ein nasser Sack zu Boden. »Das hab ich jetzt von meinem Übermut«, flüstert sie noch im Fallen.

Anita kommt mit brummendem Schädel wieder zu sich. Mit Entsetzen merkt sie, dass sie schon wieder in eine blöde Falle gelaufen ist. Ihre Hände und Füße schmerzen und sie ist von totaler Dunkelheit umgeben. Immer noch benommen von dem Schlag und den brüllenden Kopfschmerzen will sie sich aufsetzen, doch sie registriert mit Entsetzen, dass sie gefesselt ist. Anita versucht sich zu drehen, aber auch das geht nicht, denn sie scheint in einer schmalen Kiste eingesperrt zu sein.

Angst! Tiefe Angst erfasst sie. Plötzlich dreht sich alles um Anita. Sie fühlt sich wie eine Kompassnadel, die nicht weiß, welche Richtung sie einschlagen soll.

Ihr Atem geht schwer, sie hört ihn überlaut und fast wie Meeresrauschen in ihren Ohren klingen.

»Mein Gott, mein Gott, so hilf mir doch, ich will nicht sterben. Wieso bin ich hier drinnen, wenn ich doch den Mörder finden soll? Das ergibt doch alles keinen Sinn!«, schreit sie verzweifelt. Allmählich gehen die Schreie in Schluchzen über. Sie hat das Gefühl, dass sie nicht mehr atmen kann. Die Luft scheint knapper und ihre Zunge vor Durst pelzig zu werden. Ihr Körper schmerzt und sie spürt kaum noch ihre Hände und Füße. In ihrem Kopf sieht sie wieder das Gesicht der jungen toten Frau vor sich. Es scheint sie anzugrinsen und sie hört aus dem zahnlosen Mund die zynischen Worte: »Jetzt bist du an der Reihe, meinen Mörder hast du ja nicht gefunden.«

Die Panik, die in ihr aufsteigt, verleiht ihr unheimliche Kräfte. Sie wirft sich mit voller Wucht gegen die Wände der Kiste. »Warum hilft mir denn keiner?«, murmelt sie dabei vor sich hin. »Ich will leben!«

Anita hat jedes Zeitgefühl verloren. Sie hat keine Ahnung, wie lange sie schon gefangen ist. Plötzlich kracht es. Sie spürt, wie sie von einem Luftzug gestreift wird. Mit neuer Hoffnung wirft sie sich, wieder und wieder, hin und her. Langsam lassen ihre Kräfte nach und sie schafft es kaum noch, sich zu drehen. Nach einer gefühlten Ewigkeit springt die Kiste endlich auf. Entsetzt registriert sie, dass sie in einem Sarg eingesperrt war. Die Fesseln an Händen und Füßen lassen sich nicht lösen. Anita wirft sich voll Verzweiflung, immer wieder von einer Seite auf die andere, bis endlich der Sarg kippt und sie sich wie ein Regenwurm Stück für Stück auf den Unterarmen und den Knien vom Sarg wegrobben kann. Der Boden ist weich und eisig kalt. Anita hat keine Ahnung, wie lange sie wie eine Schlange über den feuchten Boden gekrochen ist. An einer dicken Wurzel bleibt sie liegen und stellt plötzlich mit Schrecken fest, dass es die Buche ist, wo sie die Tote gefunden hat. Schluchzend bleibt sie einfach liegen. Eiskalte Schauer und brodelnde Hitze laufen abwechselnd über ihren Körper. Der Schmerz in Händen und Füßen wird unerträglich. In ihrem

Schmerz hat sie nicht darauf geachtet, dass ihr Mund nicht geknebelt ist. Offensichtlich hat ihr Peiniger nicht damit gerechnet, dass sie sich befreien kann. Voll neu aufkeimender Hoffnung und Verzweiflung schreit sie sich die Seele aus dem Leib. Anita verlassen die Kräfte, ohne dass etwas passiert. Sie kann nicht mehr. Ihre Zunge und ihr Hals fühlen sich wund und trocken an. Ihre immer schwächer werdenden Hilferufe werden zu einem matten Krächzen. Schließlich wimmert sie nur noch. Wieder und wieder versucht sie ihre Fesseln mit den Zähnen zu lösen. Doch trotz aller Anstrengung schafft sie es einfach nicht. Ihre Muskeln sind mittlerweile durch die erzwungene Haltung schon zu steif geworden. Bei ihrem letzten Versuch, die Fesseln zu lösen, bekommt sie einen derart schlimmen Krampf im Unterbauch, das sie gezwungen ist, ihre fruchtlosen Versuche aufzugeben. Ihr Körper ist steif wie ein Brett. Jeder Atemzug bereitet ihr Schmerzen. Plötzlich hört sie, dass sich laut stapfende Schritte schnell nähern. Mit neuer Hoffnung in der Stimme versucht sie um Hilfe zu rufen, doch sie schafft nur ein heiseres Flüstern. »Hier, hier an der alten Buche bin ich.«

Mit letzter Kraft, versucht sie dem Geräusch auf Ellenbogen und Knien entgegen zu robben.

Doch sie bleibt erschöpft liegen. Jegliche Energie ist aus ihrem Körper gewichen. Zornig schimpft sie vor sich hin. »Warum bin ich bloß so dämlich gewesen und musste unbedingt noch so spät joggen gehen. Kruse hat wirklich Recht, ich bin unmöglich. Auf mich aufzupassen ist eine Sisyphusarbeit.«

Der Zorn gibt ihr ungeahnte Kräfte. Wieder nimmt sie all ihre Energie zusammen und schreit, so laut sie kann: » Hier, hier bin ich, verdammt noch mal. Beeilt euch, sonst gewinnt mein Peiniger doch noch.«

Endlich kommt das Stapfen näher. Sie sieht geisterhafte Lichter zwischen den Bäumen auftauchen. Schlagartig strafft sich ihr Körper trotz der Schmerzen und sie ist nur noch überglücklich, dass ihr Martyrium nun endlich ein Ende hat. Die neue Hoffnung gibt ihr die nötige Kraft, lauter und lauter nach den Rettern zu rufen.

Kruse ist sichtlich erleichtert, als er Anita, wie ein Häufchen Elend unter der Buche kauernd, findet. Beruhigend spricht er auf sie ein. »Ganz ruhig, beruhigen Sie sich. Sie sind in Sicherheit.«

Paul kommt angelaufen und löst vorsichtig die Fesseln, die dieses Mal tiefe Spuren in Anitas Gelenke gerieben haben. Anita ist nicht mehr in der Lage, alleine zu gehen. Wild schlägt sie um sich, so als ob sie riesige Kakerlaken verscheuchen will. Paul legt schützend den Arm um sie und redet beruhigend auf sie ein. Endlich, nach einer gefühlten Ewigkeit findet sie wieder zu sich selbst und fragt Paul: »Wo bin ich hier? Wie bin ich überhaupt in diesen Sarg gekommen?«

Als Anita das ausgesprochen hat, fällt ihr ein, dass sie ja noch am Abend aus dem Haus gegangen ist. Paul schaudert innerlich, als er Anita ansieht. Sie wirkt so zerbrechlich. Die Jogginghose und das T-Shirt sind von dem Erlebten arg in Mitleidenschaft gezogen worden und stellenweise zerrissen. Hände und Füße blutig, die Haare völlig zerzaust und die Lippen aufgeplatzt. Im Moment ist nichts mehr von der selbstbewussten Frau, so wie jeder Anita kennt, übrig.

»Anita, es ist ein Wunder, dass du dich aus solch einer Kiste selbst befreien konntest«, meint Paul respektvoll und nimmt sie am Arm, um mit ihr den grausigen Ort zu verlassen.

Anita antwortet plötzlich wie zu sich selbst: »Wenn man außer Hoffnung nichts mehr hat, dann entwickelt man ungeahnte Kräfte.«

Kruse hat sofort einen Krankenwagen gerufen, der Anita zur Untersuchung ins Krankenhaus bringen soll. Als Anita in den Wagen einsteigen soll, schreit sie Paul unbeherrscht an. »Ich gehe nicht noch einmal ins Krankenhaus! Bring mich nach Hause. Und Sie, Herr Kommissar Kruse, Sie haben nur noch wenige Stunden, um den Mörder zu fassen. Sie haben ja gesehen, was passiert, wenn mich der Täter erwischt. Er hat mir einen grässlichen Vorgeschmack auf das, was er mir zugedacht hat, gegeben.« Anita ist total fertig. Ihre Stimme fängt an zu zittern.

Kruse nickt verständnisvoll. »Wir haben schon Ihre Wohnung durchsucht«, berichtet er. »Die Tür stand offen, als wir dort angekommen sind. Weil Sie nicht ans Telefon gegangen sind, hat Paul sich Sorgen gemacht und ist sofort losgefahren. Auf dem Küchentisch lag ein Zettel mit der Information, wo Sie sind. Also wollte der Täter Ihnen nur einen weiteren Schreck einjagen. Keine Ahnung was für ein perverses Vergnügen ihm das verschafft.«

»Einen Schreck einjagen?«, wispert Anita ungläubig. »Wie krank ist das denn?« Nervös reibt sie ihre Schläfen, denn die hämmernden Kopfschmerzen bringen sie fast um. Sie merkt, dass sie sich ziemlich daneben benimmt und schüttelt den Kopf »Es tut mir leid, ich bin durch den ganzen Horror nicht mehr ich selbst.«

Paul hat zwischenzeitlich dafür gesorgt, dass sich Anitas Mutter um sie kümmert und sie die nächsten Tage nicht alleine in der Wohnung ist. Anitas Mutter öffnet die Tür und nimmt ihre Tochter wortlos und tröstend in die Arme. Der Hausarzt erwartet sie ebenfalls schon und untersucht Anita. Die offenen Verletzungen behandelt und verbindet er sofort. Vor der Wohnungstür nehmen zwei Polizisten Aufstellung, die sie nun schützen sollen.

»Wir haben nur noch einige wenige Stunden, hat sich mit Herrn Belts was ergeben?« hört Anita Kruse mit Paul flüstern.

»Nein, er ist nach dem Gespräch mit Ihnen offensichtlich abgereist. Wir haben natürlich sofort Flughafen und Bahnhöfe im Umkreis informiert, damit er uns nicht auf dem Weg entkommt.«

Anita reagiert sofort darauf und ruft Kruse zu: »Wenn diese Frau Wolf wirklich die Tochter von Herrn Belts war, ist er bestimmt vor dem Abflug noch zum Friedhof gegangen. Ganz bestimmt sitzt er da, das spüre ich.«

Kruse und Paul sehen sich verdutzt an, bis Kruse schließlich das Schweigen bricht und meint: »Na, dann mal los, vielleicht hat Frau Talke ja Recht. Wenn er wirklich dort ist, kommen wir möglicherweise endlich ein Stück weiter.« Im Hinausgehen ruft er Anita zu: »Bitte verlassen Sie diesmal wirklich nicht das Haus, bis wir Sie hier abholen. Kann ich mich drauf verlassen, dass Sie diesmal keine Extratouren machen?!«

Anita verspricht vernünftig zu sein. Beide Männer verlassen daraufhin mit eiligen Schritten die Wohnung. Tatsächlich finden sie Belts am Grab von Frau Wolf. Vorsichtig geht Kruse auf ihn zu und spricht ihn an.

»Herr Belts?« Belts sieht mit tränennassen Augen auf. »Ja?«, fragt er tonlos.

Kruse sagt ungewöhnlich sanft zu dem verstört wirkenden Mann: »Wir sind von der Kripo Wernigerode, begleiten Sie uns bitte, wir haben einige Fragen an Sie …!« Schweigend nickt Belts und folgt den beiden zum Auto.

Auf dem Kriminalamt:

Belts sitzt mit Kruse und Paul, seinem Partner, zusammen im Büro des Kommissars und erzählt: »Ja, es war meine Tochter. Leider habe ich sie erst vor einigen Monaten kennenlernen dürfen. Sie hat mich gesucht und schließlich auch gefunden. Eines Tages steckte ein Zettel mit ihrer Telefonnummer unter meinem Scheibenwischer. So hat sie mit mir Kontakt aufgenommen. Ich wollte es erst nicht glauben. Doch dann habe ich mich mit ihr getroffen. Natürlich habe ich ebenfalls Nachforschungen angestellt, und was sie erzählt hat, hat alles gestimmt. Ich war total erschüttert über das Schicksal meiner Tochter und meiner damaligen Freundin Ivonne. Wir wollten damals schon so schnell wie möglich heiraten. Vor ziemlich genau achtzehn Jahren war ich in Barcelona beim Brückenbau beschäftigt und dort, während meines Aufenthaltes, habe ich Ivonne, Marlis Mutter, kennengelernt. Wir waren so unglaublich ineinander verliebt. Damals schien es, als könnte uns nichts mehr trennen. Wir haben gemeinsam Zukunftspläne geschmiedet und wollten so schnell wie möglich heiraten. Ivonne sollte zu mir nach Deutschland kommen. Oh, mein Gott.« Weinend schlägt Belts die Hände vors Gesicht. Er will, dass nicht alle seine Tränen, die ihm über das Gesicht laufen, sehen können. Bevor er weitersprechen kann, muss er sich erst wieder sammeln. Erschüttert erzählt er weiter: »Als ich wieder nach Deutschland zurückgegangen bin, habe ich nicht gewusst, dass Ivonne schwanger ist. Wir hatten ja ausgemacht das sie nachkommen soll, sobald alle Formalitäten erledigt sind. Doch dann, nachdem ich schon seit einem Jahr wieder in Deutschland war und alles für uns vorbereitet habe, ist der Kontakt zu Ivonne plötzlich abgebrochen. Ich habe natürlich Nachforschungen angestellt. Aber leider vergeblich! Ivonne war einfach wie vom Erdboden verschluckt.« Belts steht auf und läuft hin und her, die Erinnerung hat ihn wieder eingeholt. Traurig sieht er Kruse an, bevor er weiterspricht. »Ich habe einige Jahre gebraucht, um darüber hinwegzukommen. Meine Liebe war zerbrochen, mein Ego verletzt und ich wusste nicht, was passiert war. Erst als ich meine jetzige Frau, Karin kennengelernt und geheiratet habe, habe ich von meiner unerreichten großen Liebe Abschied genommen. Ich habe doch davon ausgehen müssen, dass Ivonne jemand anderen kennengelernt hat und von mir nun nichts mehr wissen will. Wie hätte ich denn ahnen können, dass Ivonne von mir schwanger war? Als sie von ihrer Krankheit erfahren hat, ist sie nach Deutschland gekommen, um mich zu suchen. Wenigstens Marlis sollte glücklich werden.

Doch bevor sie mich finden konnte, ist sie gestorben und Marlis ist in ein Kinderheim gekommen.«

Erneut laufen Tränen über sein Gesicht und immer noch kann er nicht fassen, was da passiert ist. Wieder und wieder fragt er: »Warum gerade Marlis? Sie hat doch keinem was getan.«

Er spürt den Verlust seiner erst so kurz vorher gefundenen Tochter wie ein schwarzes Loch, das seine Seele aufsaugt.

Betretene Stille ist die Antwort! Was soll man einem trauernden Vater auch sagen? Einem Vater, dem sein Kind durch solch eine schreckliche Tat genommen worden ist. Plötzlich fragt Kruse: »Weiß eigentlich Ihre Frau von der Tochter?«

Belts schüttelt den Kopf. »Nein, sie weiß nichts davon; wir haben ja erst vor acht Jahren geheiratet. Über die Vergangenheit haben wir beide nie gesprochen.«

Paul mischt sich jetzt ein und spricht nachdenklich und langsam, damit seine Worte die entsprechende Wirkung haben. »Weiß sie es denn jetzt?«

Genervt, aber mit leiser monotoner Stimme antwortet Belts: »Nein, jedenfalls nicht von mir.«

»Hm.« Paul und Kruse sehen sich an. Wieder ergreift Kruse das Wort. »Können Sie uns sagen ob Ihre Tochter einen Freund oder einen Geliebten hatte? Sie ist ja im Heim aufgewachsen, da hat sie doch bestimmt Freundschaften geschlossen, oder?«

Belts überlegt einen Moment bevor er erwidert: »Ja, ich glaube da gibt es einen Kai. Der ist zwar zwei oder drei Jahre älter als Marlis, aber nach dem, was sie mir von ihm erzählt hat, war er wie ein großer Bruder für sie. Er ist groß und ziemlich korpulent und hat auch eine Behinderung. Er soll stottern und ein Bein hinterherziehen. Sie hat erzählt, dass er sie immer beschützt hat.« Wieder fängt er an zu schluchzen.

»Wissen Sie denn, wo dieser Kai sich jetzt aufhält?«, fragt Paul gespannt.

»Ich glaube er hat sich zuletzt mit ihr in Neudorf getroffen«, antwortet Belts.

»Kennen Sie ihn, haben Sie ihn einmal gesehen? Können Sie ihn so beschreiben, dass wir danach eine Zeichnung von ihm anfertigen können?«

»Ja, ich glaube schon. Als ich sie das erste Mal bei ihrer Vermieterin abgeholt habe, hat er sich gerade von ihr verabschiedet. Er hat, wie man so sagt, mit Händen und Füßen geredet. Das Sprechen ist ihm offenbar nicht ganz leicht gefallen.«

Kruse nickt freundlich: »Danke, Herr Belts, ich denke, wir haben sie jetzt lange genug aufgehalten. Bitte kommen Sie jetzt zu unserem Zeichner mit, damit wir nach Ihren Angaben ein Porträt dieses jungen Mannes anfertigen können. Er muss nach ihrer Beschreibung ja so um die zwanzig bis zweiundzwanzig Jahre alt sein, oder?«, fragt Paul während er Herrn Belts zur Tür begleitet.

»Ach noch etwas, Herr Belts, haben Sie gewusst, dass Ihre Frau Sie von einen Privatdetektiv hat beobachten lassen?«, ruft ihm Kruse noch hinterher.

Belts bleibt abrupt auf der Türschwelle zum Flur stehen. »Nein! Woher auch und vor allem warum? Das ist doch bestimmt eine Verwechslung, oder?«, fragt er ungläubig.

»Nein, ist es leider nicht. Kennen Sie diese Fotos?«, fragt jetzt Kruse, während er Belts die Fotos von ihm und seiner Tochter vorlegt.

Belts wird schlagartig kreidebleich. »Oh mein Gott, die sind ja von meiner Tochter und mir. Jetzt verstehe ich nichts mehr.« Schnell geht er wieder Richtung Stuhl. Er muss sich setzten, denn er spürt, wie seine Beine versagen wollen. Leichenblass im Gesicht schaut er Kruse an. Er ist fassungslos und ahnt Schreckliches. »Wieso macht sie sowas? Ich verstehe das nicht.« Seine Hände fangen an zu zittern wie bei einem alten Mann. Er versucht das Zittern zu unterdrücken, indem er die Hände wie zum Gebet verschränkt. Aber es hilft nur wenig. »Wie ist sie bloß dahinter gekommen?« Das Sprechen fällt ihm sichtlich schwer.

»Das versuchen wir herauszubekommen«, sagt Kruse. Dann bittet er Belts: »Noch etwas, Herr Belts, können Sie uns Ihren Wohnungsschlüssel geben? Einen Durchsuchungsbefehl haben wir schon.«

Geistesabwesend antwortet Belts leise: »Ja, ja natürlich. Glauben Sie wirklich, dass meine Frau etwas damit zu tun hat? Ich könnte mir kaum etwas Furchtbareres vorstellen. Ich hoffe, Sie irren sich damit!«

Kruse wiegt zweifelnd den Kopf hin und her. »Glauben Sie mir, mir wäre es auch lieber, wenn der Verdacht sich nicht als stichhaltig erweisen würde. Aber dazu müssen wir ja jede Möglichkeit überprüfen. Sie gehen jetzt bitte mit dem Kollegen zum Zeichner, damit wir möglichst bald die Fahndung nach diesem Kai hinausschicken können. Wir werden inzwischen mit dem Durchsuchungsbefehl zu Ihrer Wohnung fahren.«

Kruse dreht sich zu den anderen im Raum anwesenden Beamten und gibt mit polternder Stimme Anweisungen. »Paul, du fährst mit Maier und Hansen zum Haus der Familie Belts. Ich hole die Anwältin direkt von der Kanzlei ab und bringe sie zur Vernehmung hierher ins Büro. Der Neue fährt zu Anita und holt sie ab. Ich hoffe, sie hat sich inzwischen von dem Erlebten so weit erholt, dass sie bereit ist, hierher zu kommen.«

Anita ist froh, ihre Mutter bei sich zu haben, so kann sie wenigstens beruhigt einige Stunden tief und fest schlafen. Als der neue Beamte, den sie erst einmal ganz kurz gesehen hat, sie abholt, ist sie geistig wieder aufnahmefähig. Doch jeder Schritt, den sie geht, bereitet ihr Schmerzen und erinnert sie an den Horrortrip den sie durchlebt hat. Es sind nur noch wenige Stunden, bis der Mörder erneut zuschlagen wird. Auf dem Weg ins Präsidium hüllt sie sich in Schweigen. Zu viel wurde schon geredet und spekuliert. Als sie in der Polizeistation ankommt, ist Kruse noch nicht zurück. Doch sie wird gebeten, in seinem

Büro zu warten, da es nicht lange dauern kann, bis er kommt. Anita setzt sich auf den Stuhl vor seinem Schreibtisch und versinkt in Grübeleien. Kruse kommt kurz darauf ins Büro gestürmt. Er scheint etwas gereizt zu sein. Doch er geht nicht näher darauf ein. Er klärt Anita ruhig und sachlich über den bisherigen Stand der Ermittlung auf. Er teilt ihr mit, dass Herr Belts mit den Drohungen und dem Mord tatsächlich nichts zu tun hat, und er erzählt ihr in kurzen Worten von der Tragik des Geschehens. Anita ist erschüttert. Das Mitleid für den trauernden Vater schnürt ihr fast das Herz ab. Doch sie freut sich trotz all des Bösen, das passiert ist, auch, dass sie zumindest mit der Unschuld von Herrn Belts Recht behalten hat.

In der Kanzlei Schmidt & Schmitz:

Karin Belts reagiert hysterisch und schreit mit schriller Stimme »Was fällt Ihnen ein? Sie können mich doch nicht wie eine Verbrecherin abführen, Herr Kommissar! Herr Schmidt, kommen Sie bitte mit!«, schreit Karin Belts hysterisch nach ihrem Chef und wehrt sich mit Händen und Füßen dagegen, mitgehen zu müssen.

»Wir nehmen Sie nur zum Verhör mit«, erklärt Kruse ihr mit stoischer Miene. Ihr Mann hat uns den Schlüssel zu Ihrem Haus gegeben. Die Durchsuchung hat bereits begonnen. Wenn Sie nichts zu verbergen haben, sind Sie in einer Stunde wieder hier.« Mit den Worten schiebt er die widerstrebende Anwältin einfach aus der Kanzlei hinaus. Dann fällt die Tür krachend hinter ihm zu und in der Kanzlei herrscht atemlose Stille. Keiner der Anwesenden kann in diesem Moment wirklich verstehen, was da gerade vor sich gegangen ist. Nur Schmitz ist imstande, etwas zu sagen: »Frau Belts soll eine Mörderin sein?«, schüttelt er immer wieder ungläubig den Kopf.

Endlich ist das Phantombild fertig. »Kai hat lediglich eine kleine Jugendstrafe«, stellt Kruse fest. Mit vierzehn Jahren hat er einen Jungen verprügelt. Sofort das Fahndungsbild an die Presse, Radio und Fernsehnachrichten. Straßensperren rund um Neudorf errichten!«, brüllt Kruse. Offensichtlich hofft er endlich eine brauchbare Spur zu haben. Noch ein derart verstümmeltes Opfer wie Marlis Wolf kann er nicht gebrauchen.

Zwischenzeitlich klärt Paul Anita darüber auf, was inzwischen passiert ist.

Anita steht wie angewachsen vor ihm.

»Sag mal, Paul, glaubst du wirklich, dass dieser junge Mann das Mädchen ermordet hat? Ich glaube es nicht. Da halte ich eher für möglich, dass er derjenige ist, der mir das Leben schwer gemacht hat. Oder was meinst du?«

Paul zuckt nur mit den Schultern. Er ist angespannt und er weiß nicht so richtig, was er antworten soll.

»Was wird mit Frau Belts, was genau hat die denn damit zu tun? Ist sie die Mörderin? Nachdem, was Frank mir erzählt hat, scheint das ja möglich zu sein. Aber irgendwie kann ich auch das nicht glauben …«, spricht Anita ohne Punkt und Komma weiter. Ihr ist die Totenstille, die sie umgibt, genau so unangenehm wie das nervöse Zucken um ihre Mundwinkel. Beide erschrecken als das Telefon klingelt, obwohl sie doch so sehnsüchtig darauf gewartet haben.

Paul hebt schon nach dem zweiten Läuten ab und horcht angespannt in den Hörer. »Wie bitte? Das glaube ich jetzt nicht. Wirklich?«

Anita ist die personifizierte Neugier und steht mit großen ängstlichen Augen und mit erwartungsvoll ausgestreckten Armen aufgeregt vor Paul. Als er endlich den Hörer auflegt, überfällt sie ihn augenblicklich mit ihren Fragen.

»Was ist passiert? Habt ihr den Kerl, der mich bedroht hat, endlich geschnappt? So rede doch endlich! Spann mich nicht unnötig auf die Folter! Kannst du nicht verstehen, dass ich endlich mein gewohntes Leben zurückhaben will?«

Aggressiv geht sie noch einen Schritt näher auf Paul zu, packt ihn an den Schultern und schüttelt ihn. Paul versucht sachte, ihre Hände von seinen Schultern zu nehmen, und spricht beruhigend auf sie ein. »Anita, du bist erst einmal in Sicherheit. Du bleibst jetzt hier bei meiner Kollegin. Die holt dir einen Kaffee und wird auf dich aufpassen, bis der Spuk vorbei ist.«

»Nein, das werde ich nicht tun«, faucht ihn Anita an. »Ein Irrer trachtet mir seit Wochen nach dem Leben. Ach, was heißt da Leben?! Ein Leben ist das schon lange nicht mehr. Dieses ständig in Angst und auf der Flucht vor einem Monster zu sein! Nein, ein normales Leben ist das wirklich nicht! Ob du willst oder nicht, Paul, ich gehe mit, und glaube mir, wenn du mich mit Gewalt daran hindern willst, dann zeige ich dich wegen Freiheitsberaubung an.« Anita schäumt vor Wut und ist nicht mehr die freundliche und geduldige Anita von vor dem Beginn des Horrors, den sie nun schon so lange ertragen muss. Paul ist so verdattert von dem Ausbruch, dass er nicht anders kann, als sie stillschweigend am Arm zu packen und mit sich nach draußen zu ziehen. Doch dort packt er sie an beiden Armen und schüttelt sie. »Nun komm mal wieder runter von deinem Trip«, schnauzt er sie völlig genervt an. »Was denkst du, was wir hier machen? Glaubst du für uns, die Polizei, ist es leicht, solch einen verworrenen Fall zu lösen, wenn wir zusätzlich ständig befürchten müssen, dass du mit deinem Sturkopf wieder mal los stapfst und dich in eine brenzlige Situation bringst? Wach endlich auf und benimm dich nicht ständig wie eine kleine verzogene Göre. Gib uns endlich den Raum, uns voll auf den Fall zu konzentrieren und dich nicht immer wieder suchen und aus höchster Gefahr retten zu müssen.« Paul ist fuchsteufelswild und schnauft wie ein gereizter Bulle. Sein Zorn ist auch deswegen so groß, weil er sich längst in Anita, diese kleine Kratzbürste, verliebt hat. Anita starrt ihn mit offenem Mund an. Aber bevor sie etwas erwidern kann, schiebt Paul sie auf die hintere Sitzbank des Wagens und steigt seufzend selber ins Auto. Bereits etwas ruhiger geworden, droht er ohne jeden Humor: »Und wenn du ab jetzt nicht Ruhe gibst, kette ich dich mit den Handschellen im Auto fest.«

Anita erwidert nichts. Sie ist von seinem Angriff total überrumpelt und muss seine Worte erst einmal verdauen. Die ganze Situation ist ihr plötzlich furchtbar peinlich und sie wagt kaum Paul anzusehen. Trotzdem ist sie froh, im Büro nicht alleine warten zu müssen.

Ihre Handgelenke schmerzen immer noch, die Fesseln haben sich ziemlich tief in ihr Fleisch gegraben und sie reibt sie gedankenverloren.

Als der Lautsprecher im Wagen sich mit einem knackenden Geräusch bemerkbar macht, horcht sie auf. Entgeistert und mit aufgerissenen Augen hört sie die Informationen, die Paul gerade übermittelt bekommt, mit.

Kruses Stimmt klingt hohl aus dem Gerät: »In der Wohnung von Frau Belts sind Fotos von Marlis in einer Schreibtischschublade gefunden worden. Offensichtlich hat sie das junge Mädchen gekannt. Wahrscheinlich hat sie vermutet, dass ihr Mann ein Verhältnis mit der jungen Frau hat, und hat deswegen Frank, den Privatdetektiv, auf ihren Mann angesetzt. Den Rest wissen wir ja schon von ihm. Kruse Ende.«

Anita schüttelt entsetzt den Kopf, unfähig darauf etwas zu sagen. In ihren Gedanken gefangen, murmelt sie vor sich hin. »Wie konnte sie bloß so ruhig bleiben, als sie erfahren hat, dass der Mörder auch mir nach dem Leben trachtet? Wie kann das bloß sein? Und warum gerade ich? Na gut, ich habe die Tote gefunden ... aber sonst ...?!«

Paul antwortet ihr nicht. Er ist in seine eigenen Gedanken und Kombinationen vertieft. Die Zeit scheint sich zu dehnen. Anita weiß nicht mehr, wie lange sie schon, vor sich hin brütend, im Auto sitzen.

Plötzlich sieht sie Kruse einen jungen Mann in Handschellen an dem Auto, in dem sie sitzt, vorbeiführen. Wie unter Zwang steigt sie aus und eilt auf Kruse und den Gefesselten zu.

»Warst du es, der mir das alles angetan hat?«, schreit sie den jungen Mann wütend an. »Warst du es, der mir in den letzten Wochen alles, was ich liebe, genommen hat? Warum, warum gerade ich? Was habe ich dir denn getan?« Instinktiv weiß sie, dass er es war. Er strömt einen Geruch aus, den sie kennt. Sie hat denselben Geruch schon einmal, in ihrem Keller, gerochen. Er ist also die vermummte Gestalt mit dem Kassettenrekorder gewesen. Ohne weitere Vorwarnung schlägt sie wie wild mit den Fäusten auf ihn ein. Alle Verzweiflung der letzten Tage und Wochen legt sie in ihre Schläge hinein. Der Junge hält sich schützend die Hände vor das Gesicht und schluchzt.

Kruse schiebt Anita von dem Burschen weg, und Paul, der inzwischen ebenfalls ausgestiegen und heran gelaufen gekommen ist, nimmt sie von hinten an den Schultern und zieht sie an sich. Anita strömen die Tränen aus den Augen. Sie versucht Paul mit den Fäusten von sich wegzuschieben. Doch er lässt das nicht zu. Eisern hält er sie fest und zieht sie mit beruhigenden Worten an sich. Schließlich legt sie weinend ihren Kopf an seine Schulter. Mit nun hängenden Armen steht sie an ihn gelehnt da. Dass sie dabei sein Shirt ganz nass macht, stört beide nicht. Paul weiß, dass dieses Weinen schon lange fällig ist. Endlich kann sich der furchtbare Druck, unter dem Anita schon so lange steht, entladen.

Inzwischen versucht der Junge stotternd zu erklären: »Ja, ich - i–i-ich war es, ich ha-ha-b dich aus ge-ge-sucht, denn ich habe d-d-ich an diesem Ta-Tag, als es passiert ist, beim Joggen gesehen. Ja, ich bin Marlis an diesem Tag gefolgt.« Wild gestikulierend versucht er zu erklären. Es fällt ihm offensichtlich sehr schwer. Langsam stammelt er mit ständiger Wiederholung der einzelnen Wörter weiter. »Ich muss ja auf sie aufpassen. Wir sind doch Freunde und wir haben uns im Heim geschworen, immer gegenseitig auf uns aufzupassen. Sie hat ihren Vater wiedergefunden und war so glücklich. Am Morgen davor hat sie mich angerufen und hat mir erzählt, dass sie sich mit der Schwester ihres Vaters treffen will.«

Kai kommt langsam in Fahrt. Sein Stottern nimmt allmählich ab und er berichtet jetzt leichter verständlich: »Marlis hat noch gesagt, dass sie ihr viel über ihren Bruder erzählen kann. Ich habe sie angefleht, nicht dahinzugehen. Aber sie hat einfach nicht auf mich hören wollen. Sie konnte ein ziemlicher Sturkopf sein. Sie war ja so glücklich und neugierig. Also bin ich ihr wenigstens gefolgt. Sie ist zu einem schönen großen Haus mit Garten gegangen. Als sie drinnen war, habe ich das Haus dieser angeblichen Schwester beobachtet. Ich bin immer wieder ums Haus geschlichen. Plötzlich habe ich einen dumpfen Schlag gehört und dann noch einen. Ich hab Panik bekommen und ich bin einfach weggelaufen. Obwohl ich es nicht wollte. Aber dann habe ich es mir anders überlegt und bin wieder zum Haus zurückgegangen. Ganz leise habe ich mich ums Haus geschlichen und da habe ich dann gesehen, wie diese fremde Frau etwas Großes in einem riesigen Müllsack aus dem Haus heraus und hinter sich hergezogen hat. Den Sack hat sie unter einem Baum, in der Nähe des Hauses abgelegt. Es war ja schon stockdunkel. Also habe ich mich in der Nähe des Hauses versteckt. Zu schauen, was in dem Sack ist, habe ich mich aber nicht getraut. Ich bin dann irgendwann eingeschlafen. Als ich wach geworden bin, ist es gerade langsam hell geworden. Der Sack war weg. Ich bin dann in den Wald gelaufen, um danach zu suchen. Als ich Marlis dann entdeckt habe, war der Sack nicht mehr da. Ich wollte zu ihr hin und nachschauen, was mit ihr ist. Genau da bist du gelaufen gekommen und hast bei der Bank geturnt. Du hast dann Marlis gefunden und furchtbar geschrien. Ich hab schreckliche Angst bekommen und bin davon gelaufen. Aber umgebracht habe ich sie nicht! Das müsst ihr mir glauben. Ich hab Marlis doch gerne gehabt! Helfen hätte ich ihr müssen, das weiß ich ja, aber ich war zu feige, deshalb wollte ich, dass du sie rächst. Ich hab rausgefunden, dass du in einer Kanzlei mit Detektiven zusammenarbeitest. Der Polizei habe ich nicht vertraut, deshalb habe ich dich ausgesucht. Außerdem habe ich eine Jugendstrafe, die hätten mir doch nicht geglaubt, dass ich Marlis nichts getan habe!« Das Stottern des jungen Mannes und die wild gestikulierenden Bewegungen werden wieder stärker. Es dauert eine Ewigkeit, bis er mit seiner Erzählung fertig ist. Anita rührt sich nicht vom Fleck. Wie gelähmt, unfähig, auch nur ein Wort zu sagen, sieht sie ihn an und schüttelt ungläubig den Kopf. Sie spürt wieder Angst und Panik. Wie in einem Film durchlebt sie alles noch einmal. Hasserfüllt sieht sie ihren Peiniger an. »Du hast doch im Keller nicht gestottert, wie hast du das gemacht?«, fragt sie plötzlich. »Ah, jetzt verstehe ich warum du den Rekorder dabei gehabt hast«, flüstert sie gleich darauf. Ihre Augen sind aufgerissen. Sie fühlt plötzlich nichts mehr. Nur noch gähnende Leere ist um sie herum. Ihr Brustkorb verengt sich und das Atmen fällt ihr schwer. Vor ihren Augen tanzen bunte Kreise und alles um sie herum fängt immer schneller an sich zu drehen. Sie merkt nicht mehr, wie sie in sich zusammenfällt. Paul fängt sie geistesgegenwärtig auf und schüttelt mitleidvoll den Kopf, als er zu Kruse mit flüsternder Stimme sagt: »Kein Wunder bei der Belastung, der sie in der letzten Zeit ausgesetzt war. Es ist überhaupt unglaublich, dass sie so lange durchgehalten hat. Nur ihrer Aufmerksamkeit haben wir es letztendlich zu verdanken, dass wir ihren Peiniger gefasst haben.« Vorsichtig hebt er Anita hoch und trägt sie die Treppe zum Kriminalamt hoch. Sie ist zwar wieder zu sich gekommen aber noch völlig desorientiert.

Kruse folgt ihm mit Kai, der leise vor sich hin weint. »So, Paul, jetzt werden wir uns den Detektiv mal zur Brust nehmen, vielleicht kann er uns ja das letzte Puzzleteil liefern«, sagt Kruse und klopft Paul kameradschaftlich auf die Schulter.

Frank Carsten betritt das Kommissariat. Er wirkt, als ob er tagelang nicht mehr zum Schlafen gekommen wäre. Ein großer Mann mit düsterem Blick und fettigen Haaren. Die große Warze neben der Nase lässt ihn auch nicht besonders vertrauenserweckend aussehen. »Wie kann die Kanzlei, die doch einen seriösen Ruf hat, so jemanden beschäftigen«, denkt Kruse und bittet ihn in reserviertem Ton, Platz zu nehmen.

»So, nun erzählen Sie mal von dem Auftrag, den Ihnen Frau Belts gegeben hat« fordert er Carsten auf. »Die Wahrheit bitte. Sie wissen ja, dass sie auch belangt werden können, wenn sie etwas verschweigen. Ah ja, und kommen Sie mir bitte nicht mit Datenschutz.«

Carsten nickt nur knapp und berichtet dann, dass er den Ehemann schon mehrere Monate beobachtet hat. »Es ist nicht ganz einfach gewesen, weil er sich so oft beruflich im Ausland aufgehalten hat. In den letzten fünf Wochen hat sich dann aber doch etwas getan. Er hat immer wieder eine junge Frau, die nicht älter als zwanzig Jahre gewesen sein kann, besucht. Die Bilder, die ich davon gemacht habe, habe ich natürlich Frau Belts gegeben. Vor ungefähr drei Wochen hat sie dann den Auftrag beendet und mich ausgezahlt. Die Angelegenheit war für mich damit erledigt«, endet er schließlich.

»So, so«, murmelt Kruse und sieht Frank Carsten stirnrunzelnd an. Als er endlich nach einer kurzen Pause weiterspricht, hat Frank das Gefühl, dass der Kommissar ihn möglichst schnell loswerden will. Frank Carsten ist das nur recht. Er fühlt sich, hier auf der Polizeistation, sowieso nicht besonders wohl.

»Also gut, wenn Ihnen noch etwas einfällt, wissen Sie ja, wo wir zu finden sind«, sagt Kruse und begleitete ihn zur Tür.

»Paul, wir müssen noch einmal den Ehemann befragen«, sagt er dabei im Vorbeigehen. »Wir müssen wissen wann er das letzte Mal verreist war. Wie lange die Reise gedauert hat und wo er war. Wir müssen auch noch einmal das Haus und insbesondere den Keller durchsuchen. Vielleicht haben wir ja etwas übersehen. Jedenfalls ist das unsere letzte Chance, Frau Belts endgültig zu überführen. Aber wenigstens brauchen wir uns, im Moment zumindest, keine Sorgen um Anita zu machen. Wie geht es ihr überhaupt, ist sie wieder auf den Beinen?«

Paul nickt. »Ja, du hast Recht, Chef! Und ja. Anita geht es schon wieder ganz gut. Ein Wunder, dass sie das alles so weggesteckt hat. Sie lässt es sich aber leider nicht nehmen, weiter informiert zu werden. Die Angst sitzt bei ihr natürlich noch sehr tief. Im Moment ist aber sowieso ihre Mutter bei ihr.«

»Na dann«, schnauft Kruse mit einem Grinsen. »Dann können wir ja unbesorgt los. Wir müssen noch einmal das komplette Haus auf den Kopf stellen! Irgendwie spüre ich, dass da noch etwas ist. Wir müssen es nur finden!«

Mit entschlossenen Schritten eilen zu auf den Parkplatz hinaus. Sie wollen die Chance Frau Belts endlich für ihre Tat zu überführen, nicht ungenutzt verstreichen lassen.

Und tatsächlich! Dieses Mal läuft die Durchsuchung hervorragend. Sie kommen gut voran und sind mit dem Keller fast fertig, als ein Beamter aufgeregt ruft: »Hinter dem Weinregal ist eine Tür!« Alle laufen zu dem Kollegen und Kruse befiehlt: »Macht sie auf! Wenn nötig dann auch mit Gewalt!« Stumm registrieren die Beamten Schleifspuren aus getrocknetem Blut auf dem rauen Betonboden. Sie folgen der Spur durch einen schmalen Gang und landen schließlich in einem weiteren Kellerraum mit Holzregalen an den Wänden. Es muss der Vorratskeller sein, denn auf den Regalen stehen große Mengen von Konservendosen und Einweggläsern, die mit verschiedenen Früchten, Gemüsen und Marmeladen gefüllt sind. Mitten darunter steht ein Glas, in dem ein zierlicher Finger mit Ring schwimmt.

»Aha, hier ist also der fehlende Finger der toten, jungen Frau«, brummte Kruse schockiert. »Warum in aller Welt macht die so etwas? Hebt einen Finger der Toten auf. Wozu soll das gut sein? Die ist doch geistesgestört! Oder findet das irgendjemand normal?«

Niemand antwortet. Die Stimmung in dem niederen Raum ist makaber und eisig.

»Bringt sie mir, sobald wir zurück sind, sofort in den Verhörraum«, befiehlt Kruse. Systematisch suchen die Ermittler nach weiteren Hinweisen.

»Unglaublich und so etwas ist Anwältin«, murmelt Paul immer noch erschüttert. Auf dem Regal unterhalb des Reagenzglases liegt ein blutverschmiertes Beil. Auch das wird sorgfältig verpackt und gesichert, um keine Spuren zu verwischen, und dann verlassen sie diese Stätte des Grauens.

Was nun folgt, ist ein Verhörmarathon. Karin Belts leugnet hartnäckig, irgendetwas mit der Tat zu tun zu haben. Nach vier Tagen Verhör bricht sie endlich zusammen und gesteht den Mord.

Herr Schmidt, Anitas Chef, übernimmt die Verteidigung. Anita kann ihn nicht verstehen. Zu schwer wiegt in ihren Augen das Verbrechen, auch wenn laut Gesetz jeder Täter ein Recht auf anwaltliche Vertretung hat. Sie schüttelt angewidert den Kopf. Aber es ist ja allgemein bekannt, dass ihr Chef geldgierig ist.

Karin Belts hat offenbar geglaubt, dass ihr Mann ein Verhältnis mit dem Mädchen hat. Erst wollte sie ihn zur Rede stellen. Doch dann reift in ihr der Plan, der jungen Frau Geld anzubieten, damit sie aus dem Leben ihres Mannes verschwindet. Deshalb gibt sie sich am Telefon als die Schwester aus. Als sich aber im Gespräch herausstellt, dass Marlis die Tochter ihres Mannes ist und nicht die Geliebte, bricht für sie eine Welt zusammen.

Karin Belts fühlte sich auf das Tiefste betrogen. Ihr sehnlichster Wunsch, eigene Kinder zu haben, ist ihr versagt geblieben. Eine Adoption ist für beide nie in Frage gekommen. Von einer Sekunde zur anderen hat sich bei ihr tödlicher Hass gegen die junge Frau entwickelt. Von diesem Moment an ist der Teufel ihr Begleiter. Ohne nachzudenken holte sie das Beil und schlägt mit blinder Wut auf die junge Frau ein. Als die sich nicht mehr bewegt, sammelt sie alles wie in Trance zusammen, schert ihr die Haare ab und packt sie dann in den Müllsack. In dem zerrt sie, am anderen Morgen, die Leiche in den Wald zu der großen Buche. Den Sack nimmt sie wieder mit und verbrennt ihn in ihrem großen Brenner im Keller. Mit dem Finger der Toten will sie ihren Mann überraschen und ihm zeigen, dass er sie nicht ungestraft betrügen kann. Sie will ihn leiden sehen! So leiden, wie sie leidet, als sie erfährt, dass er eine Tochter hat. Mit einer Geliebten wäre sie fertig geworden. Sie ist sicher, dass sie die mit Geld abspeisen kann. Aber seine Tochter kann sie so nicht abservieren. Das ist ihr klar. Ihr Vertrauen zu ihrem Mann ist erschüttert. Reue zeigt Karin Belts nicht. Sie erklärt sogar beim Verhör noch, dass sie glaubt, mit dieser Tat ihrem Mann nur das gleiche Leid zugefügt zu haben wie er ihr. »Für diese Genugtuung, gehe ich gerne in den Knast«, sagt sie hochmütig. Außerdem würde sie ihr Leben sowieso als sinnlos ansehen, teilt sie außerdem noch mit.

»Ach ja, Anita ist übrigens selber schuld«, setzt sie noch nach, »sie wäre nicht in diese Geschehnisse hineingezogen worden, wäre sie nicht im falschen Moment am falschen Ort gewesen.«

Kruse und die anderen Beamten können nur noch den Kopf schütteln. Zu verstehen oder nachzuvollziehen sind die Tat selber und die Begründungen von Karin Belts für sie nicht. Doch das muss es ja auch nicht.

Karin Belts wird der Prozess gemacht werden und sie wird für ihr Verbrechen eine lange Haftstrafe verbüßen müssen. Da sind sich alle sicher.

Für Anita ist das Leben endlich wieder schön. Sie ist überglücklich, dass sie ihr eigenes Leben wieder zurückbekommen hat und erholt sich langsam von dem »Albtraum.«

Einige Wochen später:

Paul und Anita sind sich seit den dramatischen Ereignissen sehr nahe gekommen. Das Erlebte hat sie zusammengeschweißt. Sie verbringen jede freie Minute miteinander. Anita weiß, dass sie in Paul einen ganz besonderen Menschen gefunden hat.

Es ist ein schöner kalter Herbstsonntag und beide spazieren Hand in Hand zum Wäldchen in Richtung der alten Buche. Sie setzen sich eng umschlungen auf die Bank. Anita und Paul genießen die Stille und hängen ihren Gedanken nach. Sie sind überglücklich und dankbar, dass dieser Albtraum noch gut ausgegangen ist. Anita ist selig und schwebt auf Wolke Sieben. Denn sie hat nicht nur ihr heiß geliebtes Leben wieder, sondern auch noch die große Liebe gefunden.

Anita unterbricht die Stille. Flüsternd spricht sie zu ihm: »Das Leben ist wie ein Blatt im Wind.«

Ein Blatt im Wind

der Winter, Frühling, Sommer ist gegangen,
der goldene Herbst hat angefangen.
Still sitze ich auf einer Bank im Walde,
sehe wie die bunten Blätter fallen.
Denke, wie schnell geht doch die Zeit dahin
bald ist das Jahresende mir wieder im Sinn.

Den Blütenzauber der Natur,
teils stürmisch ,teils rau
genieße ich und denke nur,
es ist so schön, dies hier zu sehen
und in mich kehrend
durch den Wald zu gehen.

Freue mich, den Herbst zu fühlen,
egal, ob kühl , feucht oder warm.
Schillernd sich die Blätter zeigen
wild tanzend und kunterbunt.
Leuchten in allen Farben
als wollten sie mir sagen,
schau , wie wir fröhlich sind,
auch wenn unser Grün nun schwindet
und wir uns bunt im Kreise winden.

*So geh ich getrost meines Weges,
am frühen Morgen durch den gedämpften Bodennebel
Vergessen nur für kurze Zeit ist
die Hektik und der Stress unserer Zeit.*

®Margarete van Marvik /2015